冰箱是侵略者女神候補?!
ICE ELF INVADER IN MY HOUSE!

顏芝蝶
病弱美女，因為常發燒，所以
喜歡冰涼的東西。與人和善，
大家都喜歡跟她親近，
然而長年住院之下，
她對於自己的生命
已不再抱有希望。
陳浩
本故事男主角，是個
好男人，他有嚴重的嗜
冰症，因為家裡有永遠
吃不完的冰品，而成
為冰精靈多莉絲最
愛的宿主。

多莉絲

奇蹟之湖的女神候補之一，體形約巴掌大，有對小巧的精靈翅膀。她個性高傲自大，十足傲嬌，只要有冰和甜點就不會放過。

Contents

第一章 奇蹟之湖的邂逅 …… 005
第二章 女神候選人？ …… 025
第三章 人因夢想而偉大 …… 041
第四章 雪女出沒？ …… 063
第五章 這算是命中注定？ …… 089
第六章 原來這就是喜歡 …… 119
第七章 想在你身邊 …… 157
第八章 最後的約定 …… 179
第九章 平安夜的奇蹟 …… 217
第十章 永恆的祝福 …… 239
後記 …… 251

第一章
奇蹟之湖的邂逅

萬里晴空，夏日毒辣辣的陽光折磨著乾旱的大地，氣溫直逼攝氏三十八度，就連風吹起來都是熱的，對地表上滿頭大汗的人們一點幫助也沒有。

這座位於小鎮郊區的環湖公園，顧名思義，是環繞著天然湖泊規劃，配合森林保留所建的公園。這座湖泊早在小鎮出現之前就已經存在，有千年歷史之久，雖然湖的面積沒像以前那樣寬闊，附近的人口也越來越多，但湖面起霧的時候，模模糊糊看不見的邊界，帶給人們不少想像的空間。

這座公園是這個小鎮人們休閒時的最佳去處。

今天也不例外，就算是大熱天，公園裡還是有不少人在散步，包括陳浩。

陳浩穿著上班族西裝，上午十點卻在公園閒晃。他今年大學剛畢業，正在努力投履歷找工作中。只是天不從人願，雖然他打從六月畢業季以來就已經在找工作，可惜都不太順利，同期的同學們基本上都已經找到理想的工作了……就只有他目前還是米蟲一隻。

說不心急是不可能的，但這樣的天氣實在令人提不起勁來。

走在林蔭下的環湖步道上，陳浩卻揮汗如雨。他懷中抱著的冰桶裡面滿滿的都是冰棒，他一手拿著草莓冰棒邊走邊吃。他明明吃了那麼多冰棒，卻像永遠都吃不夠似的，一根接一根的吃個沒完，但是熱汗還是滾滾而下，濡溼了他藍色的短髮。

望著那熱情如火的太陽，陳浩有種在撒哈拉沙漠遇難的錯覺。吃完了一根冰棒，消暑的效果不到一分鐘就開始失效，他的手又不受控制地拆開新的冰棒塞進嘴裡，才終於又得到短暫的救贖。

在公園內與他擦肩而過的人都不禁多看他幾眼——就算天氣再怎麼熱，他們也還真沒看過有人直接把冰桶抱出家門的。

最後當陳浩在垃圾桶前停下腳步，嘩啦啦地將冰棒包裝袋丟進垃圾桶，讓垃圾桶瞬間被垃圾堆滿的時候，他們更是像看到怪人那樣閃得遠遠的。

「媽咪，那個大哥哥吃那麼多冰不會肚子痛嗎？」有個小女孩指著陳浩，拉著身旁女子的裙襬問。

「噓！」女子拉著小女孩快步離開。

雖然在場的其他人假裝不在意地路過，但眼角餘光都鎖定在陳浩身上的，顯然認定他就是個怪人。

即便剛才小女孩說的話陳浩都聽到了，只是天氣太熱，他實在沒多餘的精力去做反應。

「咕嚕嚕嚕——」

也許是因為聽了那個小女孩的話，他感覺肚子突然開始絞痛起來，便趕緊飛奔進公廁裡。

在一陣混亂之後，陳浩才拖著疲軟的雙腿走出來。但是當他一踏出公廁外頭，又因為那曬死人不償命的太陽，讓他好不容易止住的汗水瞬間又湧了出來。

在豔陽的淫威下，陳浩雙眼呈現死魚狀態，「不行……太熱了……還是再去買冰來吃，撐回家好了。」

原本想走回環湖步道，不過陳浩瞥見有一輛賣冰淇淋的餐車在距離湖岸不遠的樹林下開張，餐車前面大排長龍。這時，陳浩看到店上頭懸掛著大大的「限定款」三個字，他就忍不住去排隊，然後開始想像這家店的冰品是不是也會被列入他的最佳評選名單裡。

陳浩跟著前面的人前進，等輪到他的時候，店員親切地問：「請問需要什麼？」

他毫不猶豫地點了那個限定款，「我要哈密瓜口味冰淇淋！」

「好的。」店員打開冰櫃，抽出餅乾甜筒，並且熟練地挖起冰球放上，最後再將冰淇淋遞給他，笑容百分百的說：「謝謝光臨。」

他看著這漂亮的、淺綠色的冰淇淋球，那撲鼻而來的冰涼芬芳使他覺得酷暑一下子消了大半。

等他正打算品嘗一口這限定款冰淇淋的滋味時，後頭突然傳來一陣驚呼。原來是店員取出一張紙卡，在哈密瓜口味的字牌處貼上「售完」的字樣，讓排在陳浩後面的人驚呼了起來。

陳浩愣愣地回頭一看，發現那是一位漂亮的女孩，她有一頭輕飄飄的金色捲髮，穿著一身潔白的洋裝，頭上戴著綁有粉色蝴蝶結的白色遮陽帽。這身打扮與她潔白的膚色和氣質相當搭襯，只可惜嘴唇和臉色有點蒼白……不過，女孩的優雅氣質很給他好感。

因為剛才他滿腦子都是冰，所以根本沒注意到居然有個可愛女孩排在自己身後。

「賣完了嗎……」女孩沮喪地喃喃自語，當發覺自己的話被聽到時，臉一下子就紅通通的，然後趕緊低下頭。

這種狀況讓陳浩不知所措，更糟糕的是在場所有人都以一種「都是你的錯」的眼神盯著他。而且他還看到了剛才那對母女——特別是那個詛咒他的小女孩！

他可不想再次成為眾人焦點。他眷戀地看了一眼這看起來相當美味的冰淇淋，雖然傷心又不捨，但他還是下定決心將它遞在女孩面前，「……這個讓給妳吧。」

女孩愣了一下，怯生生地抬頭，當看見冰淇淋時，臉上立刻泛起笑容，「……謝謝你。」她小心翼翼接下了冰淇淋，對他綻放出甜美的微笑。

就在這麼一個瞬間，他的心跳狠狠地漏了半拍。

這是從來沒有過的感覺……原來這個世界上除了冰以外，居然還有事物能讓他瞬間忘了這熱死人的天氣。

他整個人都快飄到雲端去了，直到有人拉他的衣角，他才回過神。原來是這個可愛的女孩不知何時又買了冰淇淋。只見她手中拿著另外一個限定款的冰淇淋，而且還是兩球，然後遞給他說：「這個給你，是謝禮喔。」

「啊，謝謝。」他受寵若驚地收下。

看著彼此的冰淇淋，兩人不禁相視而笑——這大概是某種默契吧？

「那個……兩位客人不好意思。」店員尷尬地笑了笑，將手擺向後方，「大家都還在排隊呢，能不能麻煩兩位先讓個位呢？」

經他這麼一說，兩人回頭——果然看見排隊的人潮一雙雙充滿怒氣的眼睛盯著這邊直看。原本就等得不耐煩了，再加上悶熱的天氣加成，他們發怒的程度完全表現在身後熊熊燃燒的火焰上。

「對、對不起！」兩人匆匆道歉，離開隊伍。

在這種熱死人不償命的天氣下，陳浩隨便跑兩步都已經滿頭大汗。兩人離開隊伍之後，站在環湖步道上，瞥見彼此狼狽的模樣，不禁尷尬地笑了笑。

陳浩搔搔臉頰，「剛剛真是可怕啊……」

「對呀，天氣一熱，大家脾氣都會變差呢。」

「像我也是……」陳浩原本要繼續說，但被女孩的側臉迷住而暫且打住，正確來說是忘記接下來要說什麼。

女孩站在湖畔邊，瞇起漂亮的碧綠色雙眼注視著湖遠端模糊的稜線，藍色的天空映在平靜湖面上產生倒影，而湖上有嬉戲的天鵝們悠悠撥過水面引起漣漪。她一頭柔軟的金色長髮在風中飄逸著，嘴角泛起了淡淡微笑。

「今天的奇蹟之湖也好美呢！」

「奇蹟之湖？」

女孩眨眨眼，雙眼仍帶著笑意，「你不知道嗎？這座湖聽說有女神居住喔……除此之外，還有非常浪漫的傳說呢！」

陳浩其實不是本地人，是大學畢業之後才搬到這附近來住的，所以他還真不知道這座湖有什麼奇特之處，就只知道這座湖歷史悠久而已。

「如果真的有奇蹟，那我真希望下一場冰淇淋雨。」陳浩已經開始幻想天空中掉下各式各樣不同口味的冰淇淋，露出陶醉的神情，「我一定會把家裡所有能裝東西的容器全部搬出來裝！」

女孩掩嘴笑了，「快點吃吧，冰淇淋都要融化了。」

「嗯！」他嚐一口冰淇淋，那沁人心脾的芬芳甜味真是令人欲罷不能。

「嘻嘻。」

「？」他愣地望向她。

「看得出來你很喜歡吃冰呢，笑得好開心。」

第一次有女孩子這樣說，他不好意思地搔頭，「我每天都要吃冰，一年下來平均一天至少要吃三枝冰棒呢。也因為這樣，血液循環不好，手腳都是冰的……哈哈。」

「真的？」女孩突然伸手握住他的左手，閉上眼睛。

女孩這舉動使他愣住，心臟也開始撲通撲通地狂跳著。

女孩將他的手放在自己柔嫩的臉頰旁，仔細地感受溫度，感覺她身旁炎熱的空氣好像瞬間都被冰涼的觸感吸走了，所以她嘴角不禁泛起滿足的笑容，「真的耶……好冰涼呢……」

她的笑容實在太美了，陳浩因為害羞而感到暈眩，怎麼樣也不忍抽手。

過了一會兒，女孩這才回過神來，當她察覺自己居然做了如此失態的事情，嚇得趕緊收手，臉頰整個通紅，手忙腳亂地頻頻彎腰道歉。

「對、對不起！一不小心就……也許今天天氣真的太熱了……」

「沒關係，妳不用──」

此時，一陣薰風吹來，揚起了女孩的裙襬。

「呀！」

她驚叫一聲，趕緊壓住白裙，但是風卻沒停歇，繼而吹飛了她的白帽子。她一頭金色的長髮在捲著落葉的薰風間飛舞，宛如天使降臨時的衣襬錦緞，陳浩不禁又看得入迷。

當風終於止住，女孩察覺帽子不見了，焦急地四處張望。

看到這裡，陳浩也趕緊加入尋找的行列。

放眼望過去，後方綠意滿盈的樹林、右方的翠綠草坡，就連旁邊花朵盛開的花圃都沒有白色帽子的蹤跡。當他洩氣地回頭之時，卻瞥見距離岸邊數公尺的湖面上，白色的帽子在上頭漂蕩著。

「在那！」陳浩指向那方。

女孩趕緊跑到湖畔邊，蹲下身，試著伸手去撈帽子，但距離實在太遠了，「怎麼這樣……那是人家最喜歡的帽子……」

「我來試試看！」陳浩用嘴叼著冰淇淋，拾起擱置在垃圾桶旁的木棍，另一手扶在岸邊作為支撐，努力伸長右手想去撈帽子，但是不管怎樣就差那麼一點點……

此時，他瞥見水裡似乎有什麼東西在閃閃發光。

從那搖晃的水影來看，他覺得那似乎是個圓形的……小水晶蛋？

他看得失神，一個沒注意，整個人撲通一聲掉入水中，濺起華麗的水花。他整個人被冰涼的湖水吞沒，腳踏不到地，距離底部甚至還有一公尺深。他一時驚嚇而沒來得及閉氣，口鼻灌入大量的水。

就在他逐漸矇矓恍惚的時刻，視線捕捉到狂亂的氣泡之間，女孩的白帽子就在手邊漂浮著。

他趕快伸手，緊緊抓住帽子並抱在懷裡。

之後，窒息的感覺使他痛苦掙扎，但他越是慌張，身體越是往下沉。

在陳浩以為他的人生真要在此畫下句點之際，卻感覺有一雙強而有力的手將他往上拉。他感覺自己越來越逼近光亮，最後終於破水而出。

原來是有路過的人發現陳浩溺水，出手幫忙，將陳浩拉上岸。

「咳、咳咳!」

陳浩猛力地將湖水咳出來，眼淚都被激出來了，好不容易才終於能吸到熟悉的空氣。旁邊的人拍拍他的肩膀，遞來一條毛巾。有不少路過的人也都停下腳步，一臉擔心地望著他。

好不容易恢復了穩定呼吸，陳浩抹去眼前的淚水，想在人群中找到女孩，但是不管找了幾遍，那宛如羽翼般潔白的身影就像泡沫似的消失無蹤。

滿身是水，狼狽不堪的他低頭看了一眼手中的白帽子，不死心地再次望向人群，甚至是詢問路人關於女孩的消息，可惜都沒有任何斬獲。

在他忙著尋找女孩之時，卻完全沒有發現，白帽子與蝴蝶結的隙縫間，有東西在陽光下閃爍著光芒。

◆※◆※◎※◆※◆

陳浩後來還是沒有打聽到女孩的消息，他只好將帽子帶回家掛在房間牆上，只希望哪天遇到她的時候，可以親手還給她。

這間公寓原本是陳浩的家人搬家所租下的，但家人臨時又有變動而不住了，再加上他畢業後還不想回家，便住在這裡，想說順便在這個城市找工作之類的。因此這一房一廳一衛的小公寓，就只有陳浩一個人獨住，雖然整棟樓的住戶頗多，但也沒有比較熟的鄰居，他偶爾還是覺得寂寞。

由於只有一個人住，平常他並不會關房間門，在公寓裡也只穿一件四角褲走來走去，畢竟在悶熱的氣溫下他常常滿身大汗，而且電費太貴所以只開涼扇。但其實耗電最大的元凶是在冰箱裡塞得滿滿的冰品，再加上他三不五時就打開一次拿冰吃，因此常讓電費破表。

房間裡，他剛剛在求職網上投出履歷表後，突然覺得有點懶，想暫時休息一下。於是他躺上單人床，抬眼一瞧，恰好看到那頂白帽子，腦海中又浮現那天完美到不行的邂逅。

想到那個女孩，他臉上不禁浮現幸福的笑容。

「不知道什麼時候還能再見到她……今天下午再去湖邊看看吧！」

一想起那個喜歡吃哈密瓜口味冰淇淋的可愛女孩，陳浩突然想懷念一下哈密瓜的滋味。他立刻從床上跳起來，走到廚房打開冷凍庫。當他正想拿冰的時候卻察覺不對勁——冰箱裡的冰棒數量不對。

「奇怪……怎麼少那麼多？」他蹲下身，狐疑地檢查所有冰箱夾層，幸好他珍藏的限量版冰品都在，「難道是不知不覺中吃掉了嗎……算了，下午再補一些回來。」說著，他取走一盒哈密瓜冰淇淋。

他拿了木湯匙，打開冰淇淋蓋子後立刻挖一口冰來吃。一口吞下去，冰淇淋在嘴巴裡散發出芳香甜味。

心情瞬間好轉的他轉身回房間，但迎面卻吹來一陣冷風。

……冷風？

陳浩打了個噴嚏，揉揉鼻子，納悶地走進房間，這才察覺冷氣不知何時打開了，甚至還被調成十五度的低溫。

陳浩將手伸在出風口前晃了晃後，拿起遙控器將冷氣關掉。

冷氣機嗶了一聲，出風口慢慢蓋上，風才終於平靜下來。

「故障嗎……半年前才裝的欸……」他看冷氣機的外觀也沒什麼損傷，甚至還可以說是九成新，更何況他從住進來到現在，用不到五十個小時，實在不明白為何冷氣會自己啟動。

「匡噹！」

突然廚房那邊傳來東西墜落的嘈雜聲。

陳浩將冰淇淋隨手放在一旁的櫃子上後，趕到了廚房，只見本該懸掛在流理臺上方的廚具落了一地。

「奇怪，也沒地震啊……」陳浩咕噥著，動手拾起那些廚具，將其一一歸位後，卻瞥見冰箱門居然開了條縫隙……

陳浩以為是剛才自己沒關好，而他正要關上冰箱門時，卻又發現地上多了幾個冰棒和冰淇淋的空包裝袋……

平常他吃完冰品都會好好地把垃圾丟進垃圾桶裡面的，更何況家裡沒有其他人，也沒有養任何寵物，這些垃圾沒有道理會散落在廚房四處才對。況且他也從來沒做過忘記關冰箱門這種蠢事。

他環視一周，突然覺得……這間公寓好像有點古怪？

「哈、哈哈，怎麼可能？一定是壓力的關係，沒錯，壓力！」

陳浩哈哈乾笑幾聲，拾起地上的包裝袋扔進垃圾桶裡，也確認冰箱門關好了，之後便轉身回自己的房間。

但這時詭異的事情又來了。

剛剛才關掉的冷氣，現在又被開到最低溫；而且，剛才他放在櫃子上的哈密瓜冰淇淋居然空空如也，連點渣都不剩。

到底是誰！鬼……？不不不，都住那麼久了，要是有怪事也老早就該發現，不可能拖到今天。

所以是小偷嗎？因為一個人住，所以被盯上了？！

陳浩胡思亂想的再次關掉冷氣，然後將冰淇淋盒子和湯匙丟進水槽，而在做這些動作的時候他都刻意放慢腳步，並且用眼角餘光謹慎地掃視整個室內環境，就連陽臺也不放過。

但真的……沒有人在啊！

不知道是不是心理作用，陳浩總覺得有視線盯著自己。這樣下去怎麼行，老是心神不定的話，根本沒有心思去寫好履歷和自傳。不管真的是湊巧，還是機器故障，又或者根本是自己迷糊，總而言之，他一定要查個清楚！

他首先打開走廊上的窗戶，卻把其他窗戶都關上，因為只有走廊這扇窗是有裝鐵桿的，誰也無法從窗戶逃走。

「哎呀，突然想在早上的時候去湖邊散步呢！今天有點累，我看我傍晚再回家好了！」他故意拉高聲音，視線悄悄地溜了一遍室內，拿起鑰匙還有錢包與手機，穿上薄襯衫當外套，穿好鞋，要離開之前又說了一句：「出門囉！」

他關上門，並且上鎖。

離開公寓，陳浩並沒有走遠，只是在附近繞了幾圈，這期間還去路旁的小雜貨店買了幾根冰棒解饞。他已經在盤算等等逮到那狡猾的小偷後，到底要怎麼處置才好。

看看時間，三十分鐘過去。

他折返公寓，偷偷摸摸地爬上三樓，來到自己家門前，卻不開門鎖，而是小心翼翼地從那扇大開的窗戶偷看裡面的狀況。

只見冰箱果然又開了條小縫，燈光透露出蹤跡，而且冷風不斷的從窗口吹出來，想必是冷氣又被開到最低溫度。他看見地上雜亂不堪，全都是冰品的包裝袋或盒子……而看不見的房間那邊傳來木棒子刮冰淇淋盒底的聲音。

好啊！果然有小偷，還正偷吃他的冰淇淋呢！

陳浩深吸一口氣，以飛快的速度打開大門，並衝刺進房間，「小偷！這下你跑不掉了吧——欸？！」

他傻住了。

因為……在冷氣無料大放送的房間內，大量冰品包裝袋堆疊的小山丘上……居然有個淺藍色雙馬尾女孩坐在上頭。她將臉埋在冰淇淋盒子裡大快朵頤……

但這些不是重點。

重點是——她只有一個巴掌大，而且背上還有一對近乎透明、有雪花印記的精靈翅膀！

正在狂吃的小精靈鼻尖上沾了些冰淇淋，一雙眼尾上揚的水藍色眼睛望著陳浩，塞滿冰淇淋的小嘴毫無愧疚之意地嚼動著。

陳浩整個人傻在原地，用手狠狠地捏自己的臉頰。

很痛，真的不是在做夢。

第二章
女神候選人？

在這不算寬敞的公寓裡，站在門口的陳浩正與來路不明的小精靈大眼瞪小眼。誰都沒開口，充耳只能聽見空調運轉的轟轟聲，恰好證明時間確實是在流逝的。

以為是遭小偷，現在門打開，卻是一隻只在童話中才會出現的生物在啃冰？而且這麼小小一隻，那堆冰到底是被吃到哪裡去了？

因為這一幕實在是太超現實，陳浩捏了一次臉頰不夠，另一手又加碼捏左邊。遺憾的是，這雙重的疼痛再次證明事實的存在——他家陰錯陽差地冒出了一隻小精靈！

「看什麼看，無禮的人類！」尖銳的童音傳來。

失神的陳浩愣了一下，原來是那隻小精靈說話了！

「欸……？」陳浩其實沒聽清楚她說什麼。

小精靈嚥下冰品，一雙水藍色的眼睛寫滿怒意，「我說，區區一個人類竟然敢這樣直視我！真是太沒禮貌了，還不快給我滾出去、別再讓我看到你！」

「啊、是……」陳浩驚嚇中，腦袋空白地轉身就要走，但是過了半秒，這才覺得不對勁的回頭，「不對啊，這是我家耶！而且妳還偷吃我的冰——不、這不是我的全世界限量版冰淇淋嗎！」

陳浩這才驚覺，原來剛剛小精靈把頭埋進盒子裡猛吃的冰淇淋，不就是他排了七天的隊，甚至還冒著被插隊黑道揍的風險，歷盡千辛萬苦才買到的限量版冰淇淋嗎？

這時小精靈看了眼盒子，將最後一口的冰淇淋吃掉，然後丟開空空如也的盒子。

「不──！」

陳浩立刻飛撲過去接住冰淇淋盒子，這空殼輕盈的重量使他心底一涼，渾身都在發顫。他過了兩秒才終於鼓起勇氣看向內部……可惜不管他看幾遍，冰淇淋盒子裡還是空的。

「普普通通啦，沒什麼好吃的。」小精靈雖然這樣說，舌頭卻偷偷地舔掉嘴邊的甜甜滋味，臉頰泛起滿足的紅暈。

「妳……知不知道這有多難買啊……妳居然這麼簡單就把它吃掉了……」陳浩第一次切身體會到什麼叫做欲哭無淚、萬念俱灰的感覺。

小精靈卻雙手交環於胸，甩過頭去，讓兩條長馬尾飄盪一下，「我哪知道呀。說到底還不是怪你，說什麼傍晚才回來，害我來不及躲起來，都是你的錯！」

陳浩愣地指著自己，「我的錯？」

「沒錯！」小精靈點頭如搗蒜，「要嘛你不出門，我原本也不打算讓你看到我，那不就沒事了？要嘛你就傍晚回來，你也看不到是我在吃，不就和平結束？所以說是你的錯完全沒問題呀！」

不知道是她說得理直氣壯，還是受到強烈打擊而失去正常判斷，陳浩竟然有一秒覺得她說得有點道理。

「不，可是——」

「沒什麼好可是的，既然你得罪了我，那就得付出代價來才行！」小精靈一口打斷陳浩的話，拍拍翅膀飛到櫃子上，展現出了就是要睥睨陳浩的角度，「所以說，從現在開始，你必須要照顧我直到深冬來臨之時！」

「——啥！？」

小精靈眨眨大眼睛，翹起小嘴，「這是當然的啊，不然外面這麼熱，我可是會死掉的，當然是你要收留我啊。」

——這丫頭根本就是莫名其妙，闖進來亂吃別人家的東西，現在還要命令別人收留她？照理來說應該是要求情才對吧！

陳浩已經在考慮要打電話給捕狗大隊還是科學研究所了，「憑什麼？」

小精靈嘟起小嘴，「這還用說嗎？我可是湖之女神的候選人——多莉絲，可以說是公主的存在呢！能夠服侍身分如此高貴的我，你這個平民還有什麼怨言嗎？」

「……湖之女神？」陳浩腦海裡浮現女孩所說的話，「妳說的該不會就是那座公園裡的湖吧……」

「什麼公園不公園的，人家才不知道呢，反正就是一座大湖！而且湖裡還有一層只有我們精靈能進出的結界，裡面可是有一座好大好大的冰宮！要不是我還是蛋的時候被你帶了回來，加上這個季節水溫太熱我回不去冰宮，否則我才不想留在這熱死人不償命的陸地呢！」

陳浩其實只聽到前面部分，不禁喃喃自語：「……所以那女孩說的是真的？」

此時，陳浩腦海裡浮現了那耳熟能詳的童話故事——一名樵夫不小心將斧頭掉進湖裡，湖裡的女神現身，問他要的斧頭是哪個。樵夫老實回答，女神為了獎勵他的誠實，不僅歸還斧頭，甚至還送給他另外兩把純金和純銀的斧頭。

——難道「奇蹟之湖」之所以叫做奇蹟，是因為它可以實現願望？

——意思是……只要向女神許願，就有吃不完的限量版冰淇淋！？

——既然金斧頭跟銀斧頭都可以變出來，那麼，借用點神力來換限量版冰淇淋，應該不過分吧？

因為陳浩低頭不語，而且還握緊拳頭、渾身發抖……散發著一種像是即將爆炸的火山似的氣勢，多莉絲這才懷疑是不是自己的要求「有點」過頭了。

其實說到底，她根本是走投無路才會想霸占他的家，但是要她低聲下氣地請求區區一個人類收留，這根本是不可能的事情！

然而，若她不能在冬天前找到能安身的地方，別說是回到冰宮了，搞不好沒幾分鐘她就會被該死的溫度烤焦了……

就在多莉絲決定要稍微讓步之時，陳浩正好有所行動。只見他突然抬頭，眼神銳利凶狠地盯著多莉絲，並且高舉雙手——但在多莉絲嚇得瑟縮時，卻見他趴了下來，做出標準的拜神姿態。

陳浩大喊：「請留下來吧！」

沒想到陳浩的態度突然來個一百八十度大轉變，多莉絲當然是傻眼。

但不管怎樣，事情按照自己所料的方向走，這當然是再好不過。多莉絲明明開心得臉頰都紅撲撲的了，卻還是硬要說任性的話：「既然你都這麼說，那我也只好勉強留下了。還不快準備最高級的床鋪給我！」

「是！」

陳浩立刻按照她的要求，用手邊所有的資源幫多莉絲做出一張床。

不過，他也只是用裝水果拜拜用的籐籃當作底，下層塞了一些棉花，中間放了一袋冰塊，最上層則是擺上質感最細的毛巾和手帕當床墊和棉被，最後擺上草莓模樣的針包當枕頭，並將籐籃握把處垂掛一條半透明的絲質手帕作為簾布。

陳浩將她的床放在離冷氣出風口最近的櫃子上頭。

多莉絲在床鋪周圍飛了幾圈，非常滿意，但還是裝出生氣的樣子，「看在你這麼努力的分上，我就勉為其難地住這好了。」

說完，她鑽進冰冰涼涼的柔軟被窩，享受著冷氣，覺得這草莓形狀的枕頭觸感還滿不錯的，心滿意足地用臉頰蹭了幾下。但當她發現陳浩笑咪咪地望著自己的時候，她立刻收起笑容，乾咳一聲，瞪他，「不要這樣對我笑，怪噁心的。」

「是是。」陳浩其實只是在幻想天上真的掉下來數也數不清的冰淇淋時，他到底該怎麼辦才好。

陳浩雖然很想現在就許願，但還是先確定自己把女神大人伺候得服服貼貼再說比較好，遂問道：「請問還有什麼吩咐嗎？」

「所有的甜點和冰只有這樣？」多莉絲懶洋洋地趴在床鋪上。

陳浩看一眼冰箱那方。

卻見冰箱無論上層還是下層都被大開著門，而且裡頭空了不少……特別是冷凍那層，基本上已經空空如也。

看到這裡，陳浩的心抽痛了一下，可是想到眼前這小傢伙可是擁有實現願望的能力，這點小損失就當作投資吧。這樣一想，他還能樂觀地笑開懷，「是啊，全部都被您吃掉了呢。」

遙想小時候，哥哥吃了他的冰棒，陳浩還曾經發了狂地衝上去咬他，雖然結局是兩人都被老媽揍了一頓，兩人過了一週沒有冰棒的生不如死的日子，現在他這般包容的轉變可真是驚天地泣鬼神了。

多莉絲立刻一聲令下：「那還不快去買！把那個冰冰的箱子塞滿！」

「現在很熱……不方便耶。」陳浩看現在似乎是順勢詢問的好時機，諂媚地搓著手，「不如您就把想吃的冰變出來就好啦……對了，您剛才吃的最後那一盒如果可以的話，多變一點。」

「變？」

「是啊，對您而言就像魔法一樣簡單嘛！」

多莉絲抱著草莓針包抱枕，甩過頭去，「我才不會那種東西呢。」

「就是啊……欸？」這才聽清楚的陳浩愣了一下，「可是，女神不是有魔法可以變出東西……像變出金斧頭一樣啊？」

「就說我才不會那種東西。」多莉絲懶洋洋地拉過手帕棉被，埋怨似的瞪他一眼，嫌棄的說：「如果我能變出那種好吃的冰來，我幹嘛還要你去找出來？笨蛋。」

說完，她翻過身去，在被窩裡蹭了幾下，滿足地閉上眼。

留下滿是錯愕的陳浩。

……等等，如果說她根本不會魔法，不就等於即便巴結她再久，也不可能實現被冰淇淋砸的願望？既然這樣，他根本就沒有任何理由收留這個不請自來的食客啊！

這麼一想，他腦內的某種開關就啟動了。

陳浩微笑地走到櫃子旁，踮起腳尖捧起多莉絲躺的籃子，轉身朝大門走去。

感受到搖晃，多莉絲張開眼，這才發覺陳浩捧著床不知道要去哪，「等等，誰准你擅自移動我的床了！」但陳浩像是沒有聽到那樣繼續走，反倒是多莉絲急了，「放下、聽到沒！」

聽到多莉絲的話，陳浩確實將籃子放下了，不過是放在自家門外的腳踏墊上。

陳浩站在門邊，已經準備將門關上，臉上是過於溫柔的笑容，「妳還是走吧，我養不起妳。」

「你怎膽敢棄養我！」多莉絲氣得跳腳，不顧身高差地怒指陳浩，但眼眶卻不爭氣地發紅了起來，「我可是尊貴的女神候補耶！」

「快走，在我改變主意之前。」陳浩已經開始用手機搜尋博物館或科學站電話之類的關鍵字。

多莉絲咬牙，外頭的高溫讓她又急又氣，「你、你怎麼可以這樣對我！」

「妳找錯人了，我很窮，沒法供養妳！」

「我看是吃冰花掉了吧！」

「是啊！可是我的庫存才轉眼就被妳吃光了不是嗎！」

雙方互不相讓，在這擁擠、塞滿雜物的樓梯間大吵，完全將這裡其實算是公共場所，而且隔音奇差這件事情拋諸腦後，估計整棟樓都能聽到這兩人大叫的聲音。

「你怎麼忍心讓身分高貴的可愛女孩流落街頭！」多莉絲氣憤地尖叫，豆大的淚珠已經在眼眶打轉。

「就說養不起妳了！」

陳浩這才明白原來自己也可以這麼火大，大概要吃十根冰棒才能消下氣焰。但是看多莉絲這樣泫然欲泣的模樣，他覺得自己好像做了什麼壞事……

不對、錯的人是她啊！哪有小偷還這樣理直氣壯要他養自己的啊！

怕自己又心軟下來，陳浩咬牙正要關門，「再見！」

但詭異的是，這本該很好推的門現在居然推不動？

而且好冰！

他連忙抽手，愣地一看，這才察覺這扇不鏽鋼製的鐵門，不知在何時結了一層冰霜，甚至蔓延到門的接縫，這就難怪他推也推不動了！

「該不會是……」陳浩不禁手心發汗，戰戰兢兢地看向多莉絲。

只見多莉絲振翅飛在與他視線同高處，一雙水藍色的眼睛盯著他看。她紮成兩邊雙馬尾的長髮盪漾著，身上散發著淡淡的藍色光暈，而右手則是正對著門。

「對神不敬，該知道會有怎樣的下場吧？」

多莉絲嬌嫩的聲音變得低沉，雙眼沉著地盯著陳浩。本來這該是很嚴肅的畫面，但因為多莉絲眼眶發紅的模樣，所以一點威懾力都沒有。

「把萬物凍結就是我的能力……我可是很偉大的女神候補，你怎麼可以棄我於不顧！嗚……」聲音居然不小心開始哽咽了。

多莉絲嚇得趕緊摀住嘴，彆扭地甩過頭去。

陳浩震驚地望著結冰的門，嘴唇微啟，卻說不出話，再加上她這模樣……根本就是在哀求吧？但卻口是心非地只能說出命令的字句，老實的拜託人不就好了嗎？還在裝什麼酷啊？

唉……這樣無助又愛逞強，叫人怎能狠心趕走她啊！

「哼、算了！」覺得自己真是丟臉極了！多莉絲咬牙，瞪向那該死的大太陽，心一橫，「頂多就是被曬乾死掉而已嘛！我堂堂女神候補才不要住在人類破爛的屋子裡呢！」說完她就要飛走。

「砰砰砰砰！」

樓梯口突然傳來急促的腳步聲，兩人愣住。

「該死的！到底是誰在那大呼小叫、看老子怎麼修理！」男子怒吼聲也從樓梯口傳來，看來距離不會太遠。

陳浩想起不久前發生過一次鬥毆事件，就是因為有人喝醉發酒瘋，足足鬧了兩個小時之久。這裡隔音差，基本上整棟樓都能聽到那如雷的哭聲……但不久後靜下來了，救護車卻來了，那個吵鬧的人基本上是凶多吉少。

因為怕那傢伙找自己麻煩，陳浩趕緊抓起籃子並且將多莉絲塞進去，然後一腳踹門，讓結冰的霜破碎，再以迅雷不及掩耳的速度關上門。

而多莉絲則跌坐在籃子裡，被突然的暴行弄得頭暈眼花。她氣呼呼地甩頭瞪向陳浩，怒道：「居然膽敢這樣對我！你這個該死的人類……」

陳浩嘆了口氣，「算了……妳還是留下來吧。」

「……咦？」多莉絲眨眨眼。

「現在外面這麼熱，就連我都快受不了了，更何況是冰的精靈。」陳浩無奈地咧嘴笑了，「更何況，如果讓女神候補流落街頭，會有報應吧？」

「就、就是啊！」多莉絲鼓起腮幫子，假裝生氣地甩過頭去，但雙眼卻閃爍著感激的光，偷偷地看著他的側臉。

「話說回來……妳可以把萬物結凍吧？」

多莉絲歪頭，「……是沒錯。」

陳浩雙眼閃閃發亮，笑逐顏開，燦爛到簡直比外頭大放光明的烈日還誇張，「以後請多多指教！刨冰製造機……不、未來的女神大人！」

「……咦？」多莉絲滿臉錯愕。

第三章

人因夢想而偉大

今天陳浩起了個大早，不僅有閒情逸致做早餐來吃，甚至還做了早操才出門。昨天他投了幾張履歷表，因此今天也有一、兩間公司要面試，他八點就出門了，一直到下午兩點左右才完成今天主要的行程。

面試結束之後，他立刻到超市去選購必需品，現在正踏上返家的路。

他手上大包小包的塑膠袋裡，除了幾瓶礦泉水之外，最主要的是一些果醬、當季水果之類的。他一開心就把果醬的所有口味都拿了一瓶，完全沒考慮冰箱放不下，還有生活費開銷這回事。

今天天氣也是一樣嚇死人的高溫，但走在熱氣蒸騰的柏油路上的陳浩，縱使全身大半的水分都快要變成汗水流乾，他還是面帶幸福的微笑。

因為昨天，他和多莉絲達成協議。

確定要收留多莉絲之後，兩人的爭執也終於告一段落。

陳浩將多莉絲的床位放回臥房的空調正下方的櫃子上頭，但是多莉絲仍然有點不悅，直到陳浩恭敬地將最後幾根冰棒都供奉給她，她才鼓著腮幫子啃冰棒，氣焰也慢慢地消了下來。

「話說回來……精靈都吃些什麼食物啊？」

多莉絲看了他一眼，「？」

「喔，就像我們人類一般都是吃飯當主食，冰只能算是零食。我們平常是從吃飯來獲得活下去的能量，零食不吃並不會有太大影響……我除外。」陳浩好奇地打量多莉絲的肚子部分。怎麼整個冰箱的冰棒和甜點都被她嗑光了，她的身形完全沒變……那些吃下去的東西到底是跑到哪裡去了？

「看什麼看，變態！」

多莉絲拉起被子遮住自己，陳浩這才識趣地挪開視線。

「聽好了，像我們這麼高貴的種族是不需要吃飯的，只要從大自然之間就能獲取能源，而且壽命也比你們這些低等的種族還要長好幾倍呢！」

——啊啊，說話方式還是一樣得理不饒人啊……

陳浩盯著多莉絲手中的冰棒，「那應該也不需要零食吧？」

多莉絲一口氣將冰棒吞下肚，害陳浩差點發出一聲哀號。

「零食也是必須的！」

「為何？」

「因為那是『精神糧食』！」多莉絲理所當然地點點頭，「精神糧食也要適時攝取才會健康，這點常識應該要有的吧？」

陳浩欲哭無淚，「可是妳把我的精神糧食都吃光了……」

「這不重要。」多莉絲僅以不到一秒的時間就敷衍過去，嘟著嘴，「除此之外，陸地上的氣溫實在太高了，如果不多吃點那冰涼涼的東西來降溫，我尊貴的身體可是會受不了的！」

陳浩望著最後一根冰棒被吃掉，整顆心都在痛，「可是這些冰其實很貴欸……特別是一些限定版的。我可買不起那麼多啊。」

多莉絲盯著他，「……原來你那麼窮啊。」她淡淡地說了這句。

但這句話不偏不倚地刺穿陳浩脆弱的內心。

「好吧，那我還是忍耐少吃一點。」多莉絲嘟著嘴，咕噥道：「看在你收留我的分上，平均一小時吃兩次冰就好了。」

平均一小時兩根冰棒還是比他吃的多兩倍啊！

看現在確實是提條件的好時機，陳浩偷偷觀察多莉絲的表情，「其實我有一個辦法……這樣就有吃不完的冰了，我想對妳我而言都有利。」

「什麼辦法？」多莉絲雙眼發亮。

很好，上鉤了。陳浩假裝為難地說：「可是這樣要勞煩女神候補大人……」

「說！」

「既然妳這麼堅持……」陳浩嘆了口氣，但內心其實充滿了期待，「就是啊……您把東西結冰不是很輕鬆的事情嗎？那水的話呢？」

「這還用說，當然也是輕而易舉啊！」

「我的辦法就是……用乾淨的水結成冰，就能用之前買的刨冰機做成刨冰，只要加一些糖水或把果醬淋在上面就很好吃了！」陳浩光是想像那冰涼又甜滋滋的味道，身體就快要飄起來了，「而且冰淇淋的做法我也知道，只要有刨冰，什麼都能做！」

「真的？」多莉絲笑逐顏開，但察覺自己的心情表露無遺時，乾咳一聲，又擺出假裝生氣的臉，斜眼看他，「那只要我願意幫忙，我就可以不受限制地吃冰囉？」

「嗯嗯！」

「那、那好吧。我也不是不能幫這個忙啦。」

「我也可以吃一點嗎？」

「好吧，就當作是服侍我的獎賞！」多莉絲非常乾脆地點頭了。

就這樣，陳浩終於成功得到了一臺無須電力的人形製冰機。

由於冰箱裡的庫存早已被多莉絲吃掉了，今天陳浩一早出門就忙到現在，超過十二個小時都沒有吃冰……這可是前所未聞的紀錄！

因為他非常期待女神候補使出神力製成的冰，所以努力地忍耐到現在。他想像那冰是不是會比一般的冰還要綿密，又或是更加甜美？這可不是所有人都有機會吃到的哩！搞不好這是全世界只有他一個人能吃到的夢幻逸品呢！

想像著草莓刨冰散發出電腦特效都沒辦法做出來的閃耀光芒，陳浩覺得自己是全世界最幸福的人了，就連手上這幾袋加起來將近七公斤的東西也一點都不覺得沉重。

他進了這間稍有歷史的公寓，掠過那些堆放在樓梯兩邊的雜物，輕快爬上三樓，轉個彎，來到自己家門前。他拿出鑰匙打開門鎖後，抱著袋子，推開家門，「——我回來囉！」

但下一秒，他的笑臉就僵掉了。

理由有兩個：心理層面，他看到自己家裡像被原子彈炸到一樣亂七八糟而感到無比心寒；物理層面，前所未有的世紀低溫迎面掃來，不僅將他的房子結了一層冰，也把他的臉凍僵了。

陳浩連鞋子都沒脫，連忙衝進吹出風雪的臥室，有好幾次都差點被地面結的冰弄得滑倒。他一進門，就看到多莉絲趴在自己結成厚厚一層冰的床上，呈現一種軟癱的狀態，而冷氣機四周圍繞著淡藍色光芒，從冷氣口吹出來的是刺骨寒風。

「多莉絲！」他飛奔過去將她捧在手心，「怎麼了、可別死啊！」

多莉絲虛弱地張開水藍色的雙眼，「冰……」

陳浩立刻從塑膠袋裡拿出冰淇淋，打開盒蓋並且挖了好大一口放在多莉絲面前，心急道：「來，快吃吧！這次是香草口味的！」

一聞到芬芳的冰淇淋香味，多莉絲不計形象地張大了嘴，一口就將冰淇淋含進嘴裡。她原本蒼白的臉立刻恢復紅潤，恢復精神地跳進冰淇淋盒子裡大吃特吃，轉眼就將冰淇淋吃光了。

也許是注意力轉移的關係，圍繞在冷氣機四周的光消失，吹出來的風也正常了。望著整片的冰霜，陳浩還沒動手收拾就已經覺得筋疲力竭了。

「發現冰和甜點——！」

眼尖的多莉絲馬上發現陳浩帶來的袋子裡有不少冰品。她欣喜地大喊一聲，採用跳水的姿勢，鑽進了塑膠袋裡面，活像隻餓了很久、好不容易有機會大吃特吃的倉鼠，拚命地將冰品往嘴裡塞。

「等等、別全部吃完啊，留一點給我！」陳浩哀號。

但是看她吃的速度，恐怕是不會留活口了。

「真是……不是說冰品只是精神食糧嗎？怎麼只是半天沒吃就變成這要死不活的模樣了……」陳浩已經搬來水桶和槌子，開始動手收拾這些布滿整個房間的冰霜了。

如果不在融化前全清除，收拾起來只會更麻煩，搞不好到時候家電用品全壞，連床鋪都得洗過晾乾才行了。

多莉絲抱著草莓口味的冰團子，從塑膠袋裡探頭，「還不是陸地太熱了，不靠冰來維持低溫，就只能用魔法了啊！魔法用多了可是很累人的……說到底還不是你出去那麼久，哼！」

「不是昨天就說要去面試了嗎……我也不想在這麼熱的時候出門啊。」

多莉絲鼓足腮幫子，發出像是咒語般的一長串抱怨，「所以說那個『面試』到底是什麼，居然比身分高貴的我還要重要嗎？」

沒想到居然會從多莉絲口中聽到這疑似女朋友耍任性時的句子，陳浩突然覺得鬧彆扭的多莉絲好像還滿可愛的……除去她還在大肆消滅自己心愛的冰品之外。

他搔了搔臉頰，盡量以她能夠聽得懂的話說：「簡單來說……面試算是人類踏入社會的第一步，就是要獲得別人認同，然後每天去上班，賺取生活費的一種手段。如果說——」

「停，聽起來好無聊。」

只是多莉絲短短一句話就腰斬了他的好心解釋。

真是一點也不可愛！陳浩在心底咕噥。

在多莉絲專心横掃袋子裡的食物時，陳浩已經將房間地板清乾淨了，不過客廳、廚房都完全還沒處理，這兩個地方的結冰面積才是最大的。他在廚房的流理臺前倒掉一桶碎冰，回到臥房，正打算要開始清理房間牆面時，看見掛在床頭上方的白帽子也結了一層霜。他趕緊放下手邊的東西，小心地拍掉碎冰。

他看著手中這頂白帽子，之前那些美好到不可思議的回憶也湧上心頭。

——不知道那女孩現在人在哪……是不是還會去湖邊？什麼時候才能見到她呢？

「幹嘛盯著帽子傻笑，變態。」

多莉絲的聲音使陳浩回到現實，他手忙腳亂地將帽子掛回牆上，「哪有。」

發現陳浩臉頰有點紅，多莉絲暫且放下懷中捧著的情人果冰棒，瞇起眼睛，「那帽子是女生的東西吧？」

「是、是又怎樣？」其實陳浩也不知為何要這麼緊張。

「是誰？女朋友？」

「哇——怎、怎麼可能啦！」

「……這麼激動幹嘛？」

陳浩尷尬地看向他處，「啊、客廳也需要整理，好忙好忙！」說完，他提著水桶逃到客廳去，而且像是要發洩什麼似的猛捶那些冰霜，速度一下子提升三倍之多。

說真的，陳浩實在不知道該怎麼解釋。隨便把一個不認識的女孩的東西放在房間顯眼的地方……然後又拿在手上，回憶著傻笑。這樣子確實滿像變態行為……被可愛的女孩子這樣一說，好像又更齷齪了。

——暗戀難道不行嗎！一見鍾情難道錯了嗎！

陳浩更是忿忿地敲擊著地板上的冰霜，噴濺的碎片閃閃發光。

「所以到底是誰？」

「哇啊！」

沒想到多莉絲居然不死心地繞到他面前，嚇得他差點滑倒撞到桌子。

「誰？」

「……不知道啦！」

「不知道？」多莉絲挑眉。

「對啦！」一直被逼問，好像自己真的做錯什麼一樣。陳浩趺坐在地上，視線移到桌腳一隅，臉頰發紅，「我不知道那個女生的名字啦！東西只是暫時放在我這……別人的東西本來就應該要好好保管，才能好好地物歸原主啊。」

多莉絲雙手交環於胸，在空中拍拍蟬翼般的薄翅膀，盯著陳浩。

她看他惱羞成怒的樣子，不知怎的就是覺得不爽。

「怎麼，你喜歡那個『身分不明』的女人喔？」

「是、是又怎樣？」陳浩咕噥著，有點自暴自棄地說：「反正我只是單戀，那麼漂亮的女生根本不可能會看上我啦！」

多莉絲抿著嘴，沒說話。

其實陳浩自己也知道，自己二十幾年來失戀了不少次，特別是對方知道自己一天要吃那麼多冰，甚至連颳風下雪的日子都啃冰的時候，交往不到一個禮拜就被當怪人提分手了。

至於在湖邊遇到的那位女神級的女孩，他自然是不敢多奢望能和她有進一步的關係……就算那女孩再喜歡吃冰，應該也沒有人會喜歡上自己這樣的嗜冰怪人吧？要改也改不了啊……

在陳浩低落的時候，多莉絲突然將吃到剩一口的冰棒塞進他的嘴裡。

「唔！」陳浩嚇了一跳，口中蔓延著巧克力濃郁的香味。

多莉絲居然做出如此「慷慨」的舉動？！

陳浩不可思議地望著她，但多莉絲只是甩過頭去，輕哼了一聲，「還在那邊發什麼愣？冰都已經吃完了，還不快點說做出刨冰的方法！告訴你，我可是很挑的，不好吃的話，你就要再去買一百桶冰淇淋回來知道吧！」

知道她其實是在替自己轉移注意力，陳浩點頭笑了，「是！」

多莉絲嘟著嘴，臉頰稍稍泛紅，「我絕對不是在意，只是如果僕人心情低落就做不出好吃的東西了吧？我是為了自己、為了好吃的刨冰才這麼做的，你可別誤會！」

「是是——」

陳浩加快手邊進度，將房子內部的冰霜大致清乾淨，剩下殘餘的部分，他決定開除濕機來使室內水氣消失得快一點。

完成之後，他將在超市採買的果醬和水果都先準備好，水果甚至已經切片、放在盤子上備用，還拿出製冰的鐵盒子擺在廚房流理臺上。最後，他搬出那臺放置在流理臺底下櫃子裡的刨冰機——那是小時候母親買給自己的生日禮物，是貓頭鷹造型的。

其實這臺刨冰機沒有用過幾次就被封印，因為家人發現有了刨冰機後，陳浩吃冰越吃越多，就連吃正餐都還要加上一碗刨冰的程度，所以他們開始限制刨冰機的使用次數。但誰知道被開啟新天賦的陳浩早已偷偷存下零用錢，繼續提升吃冰的等級，到現在技能已經是滿等的狀態了。

一切準備就緒，陳浩將飲水機打開，在冰盒裡注滿了水。

「拜託了。」陳浩指著冰盒。

多莉絲點頭，輕彈個響指，冰盒裡的水轉眼間就凍成了冰塊。

這比冰箱的效率快了不知道幾百倍啊！

陳浩還記得以前小時候光是等冰盒的水結冰，就已經耗掉百分之九十九的耐心，最後還是跑去超商買現成的比較快，最後買到連超商店員都認得他了。

陳浩帶著感動的心情，敲敲冰盒，好讓冰能輕鬆地倒出來。他將製好的方形冰塊放進貓頭鷹造型的刨冰機裡，這才發現以魔法結成的冰，表層似乎有種淡淡的藍光？

陳浩將透明的玻璃碗放在出冰口下方，按下刨冰機的按鈕。只聽見機械喀啦喀啦運轉的同時，裡頭的冰也因碰撞而發出悶響，貓頭鷹的大眼睛咕嚕嚕地轉動，而清透潔白的小碎冰撒在玻璃碗裡，轉眼就累積成一座小山。

第一次見識這麼神奇的東西，多莉絲雙眼張得大大的，看著冰山發呆。

「妳要什麼口味？」

「嗯……那個跟我枕頭一樣模樣的紅色水果！」

陳浩按下暫停鍵，將冰碗取出，先將煉乳澆了一圈冰，再淋上草莓醬，最後放上幾顆醃漬草莓作為裝飾，接著在碗邊放上湯匙之後，將完成的刨冰放在多莉絲面前。

多莉絲望著這座晶瑩剔透的小冰山，嗅著那冰涼又香甜的氣息，雙眼閃閃發光。

「我要開動了！」她舉起小湯匙，雙手並用地鏟起澆著冰和果醬的刨冰，小心翼翼地放入嘴裡。

那酸甜又帶有乳香的冰涼滋味讓她陶醉不已。她毫無保留地綻放出大大的笑容，驚喜地說：「好好吃！」

「對吧！」陳浩不禁笑了，那笑容給人一股暖意。

多莉絲用湯匙用了幾次，終於忍不住將它拋到一邊去，整個人跳進玻璃碗裡，用兩隻小手抓著冰，大口大口地吃著，就連身上沾滿了草莓和煉乳也不在乎。

趁著她還在吃，陳浩再次啟動刨冰機做自己的那一份，誰知道冰山才剛堆起來，多莉絲就已經吃光自己的部分，高舉雙手喊道：「這次我要吃那個橘黃色、很香的水果那種口味！」

陳浩只好忍下吃冰的欲望，又做了一碗料超豐富的芒果刨冰給她。

他剛要再次開啟刨冰機時，才一個轉頭，多莉絲居然又吃完了！

「這次要那個紅色的豆子！」

陳浩趕緊弄出一碗蜜紅豆刨冰給她。

「綠色那個香香的果子！」

陳浩又端上哈密瓜口味的刨冰。

「紅色果肉那個！」

陳浩弄好了西瓜刨冰。

就這樣，多莉絲吃刨冰的速度一碗比一碗還要快，別說做自己的刨冰了，陳浩從頭到尾手邊忙的事情根本沒停過，他也完全記不住自己到底做了幾碗冰，只知道忙得一片混亂。

「差不多了……休息一下。」多莉絲滿足地在挖空的西瓜裡趴著，「你不是也要吃嗎？我都幫你留一口下來了。」她指向流理臺旁邊的小盤子。

原來她並沒有把所有的冰都吃光，而是每種口味都留下一小部分，還特別用自己的魔法保持讓冰不融化。不過留下來的部分都是有料的，甚至還有完整的水果切塊。它們被整齊地放在盤子裡，乍看之下花花綠綠的，好像一塊塊精緻的小蛋糕。

「多莉絲……」看到這，陳浩感動得不得了。

「只、只是剛好吃不完啦！」

「是是是——」

他先拿起最一開始製作的草莓刨冰，放入口中。

那冰涼的滋味，還有草莓的酸甜，伴著煉乳的奶香味在嘴巴裡跳舞，令陳浩早就期待已久的心頭開出無數花朵。這些冰吃進肚子裡後，吃冰的需求終於獲得暫時的解脫，讓他不禁泛起笑容。

不知道是不是錯覺……陳浩總覺得這些刨冰吃起來和記憶中的不太一樣？

發現陳浩一臉肅穆地盯著空空的盤子，多莉絲挑眉，「不好吃喔？」

陳浩沒有立刻回答，他拿出空的冰盒裝好水，「再做一次冰！」

多莉絲雖然納悶，但還是將水凍成冰塊。

他二話不說，立刻將冰塊放入刨冰機裡，並且開啟開關，取得那泛著淡淡藍色光芒的剔透冰山，接著直接拿湯匙挖了一部分，放進嘴裡。

他終於恍然大悟不一樣的點在哪了——多莉絲用魔法製出來的冰很神奇，不僅擁有奇特的香味，而且口感更是清脆，再加上那神秘的淡淡藍光，乍看下簡直就是個藝術品。

「我們做刨冰來賣吧？」

「咦？」

陳浩雙眼閃閃發光，「因為妳的冰真是太好吃了！只有我們吃太可惜了，應該要讓更多人知道才行呀！」

沒想到會突然被這樣稱讚，多莉絲臉頰泛紅，倔強地轉過頭去。

「這是當然的啊！我可是女神候補呢，做出來的冰當然是最好吃的呀！」

「沒錯！我從來沒吃過這麼好吃的冰！相信只要開店，以後每天就是大排長龍！兩個月後搞不好就可以開分店……最後全世界都是我們的冰店！全世界都知道這冰有多好吃！」

她的冰是好吃沒錯，想要推廣給愛冰人士的心也是真的。但陳浩內心深處其實還有一個更真實的聲音——如果開店成功的話，那就等於自己當老闆，不需要去投那些麻煩的履歷，更沒有討厭的面試了啊！

多莉絲其實不懂連鎖店的概念，歪頭，「意思是……用冰來征服人類世界嗎？」

「就是這個意思，很了不起吧，只有多莉絲可以做到喔！」

「喔喔！這是當然的！」多莉絲被稱讚得鼻子都快要戳到天花板去了。

想到不用再和該死的履歷糾纏，陳浩瞬間充滿幹勁。他打開所有廚房的櫃子，尋找可以裝水的容器，就連炒菜鍋、水桶等等都搬了出來。轉眼間，陳浩的廚房，甚至是客廳、走廊都放滿了裝水容器，「事不宜遲、來量產吧！」

「包在我身上！」

她將兩隻小手浸濕，拍拍翅膀飛上空中，看向在廚房地板上那片裝滿水的杯子林，輕輕一甩。只見淡藍色的光暈如雨點般落下，輕輕地在水面上敲出漣漪的瞬間，杯子裡的水都結冰了。

「好厲害！」

「哼哼！」

多莉絲飛出廚房，在空中優雅地轉個圈，同時甩出了許多水珠，容器中的水被水珠一接觸到，立刻結凍。

這華麗的姿勢與超現實的魔法，還有滿滿的超好吃刨冰，再加上覺得這開店的夢想越來越有實現的可能，陳浩心花怒放，在一旁拚命地拍手叫好，「實在太厲害了！冰宮莫過於此吧！」

多莉絲臉上藏不住得意的笑容，志得意滿地從鼻孔噴出兩道氣體，「才不是哩！冰宮厲害更多更多！像這樣！這樣、再這樣！」

馬力全開的多莉絲，整個屋子內她飛經之處立刻凍結成冰。但是這樣她還覺得不夠，手一揮，明明是房間內卻開始颳起了風雪。當風聲呼呼作響越來越大，原本還在跟著起鬨的陳浩這才察覺不對，「不、等等——！」

但是他的聲音完全被風聲蓋過，還被風雪吹得不得不彎下腰，迎風的那面手臂迅速累積了一層雪。他瞇起的視線看見冰雪凍碎了玻璃，冰霜迅速蔓延出陽臺，不斷地擴散，轉眼的功夫就將整棟公寓冰凍了。

而身為暴風雪中心的多莉絲還渾然不覺地繼續發威。

「多莉絲、快住手啊！」陳浩幾乎快無法呼吸，頂著風雪，撲向多莉絲。

「暴徒！在做什麼啊！變態、色狼……欸？」多莉絲被他握在掌心，氣憤地拍打著他的虎口抗議，直到發現他臉色蒼白如紙、一副快掛點的時候，這才察覺不對勁，趕緊收手。

但早就已經來不及了……在連柏油路都會燙到讓空氣扭曲的酷暑，這棟破舊的公寓現在卻像被神惡作劇般凍結成一座建築物模樣的大型冰雕，還在陽光下閃閃發光，儼然成了這個平凡無奇的小鎮的新地標。

路過的人們都停下腳步，瞠目結舌地看著這座建築物發楞。

多莉絲和陳浩察覺闖禍，默默地敲掉凍結窗簾的薄冰，並迅速拉上。

第四章

雪女出沒？

自從那天開始，陳浩已經將近一週沒出門了。

理由很簡單……因為自從那次公寓凍結事件發生後，不到半小時的時間，媒體記者便包圍了這整棟公寓，甚至還挨家挨戶地採訪住戶們當下的心情。當然，記者們也不忘記找機會向路人探聽消息。

陳浩從來不知道國內記者找新聞的效率，居然堪比嗅到血腥味的飢餓鯊魚。

他還記得，當時記者來敲自家大門的時候，他真是死都不敢開門，但偏偏有目擊者說看到三樓有異狀，所以記者更是照三餐來打擾。要一直假裝不在家就好像在逃避什麼似的，也太可疑，他只好開門，掰說整天都在睡覺，根本不知道發生什麼事情。

誰知道，經過電視實況轉播，他卻被記者和鄰居等人認為自己是畢業後還不去找工作的家裡蹲。現在他就連掀開窗簾都會感覺到麻雀的視線有敵意，在那邊啁啾說著自己的閒話，簡直不堪其擾。

事發快一週了，陳浩原以為大眾很快就會失去興趣，誰知道就因為這件事情實在是太過離奇，又沒人能解釋這種現象，所以還是有一堆記者不厭其煩地守在公寓附近徘徊。

陳浩看那些記者在巷弄裡面左顧右盼，不禁嘆了口氣，拉上窗簾；而多莉絲趴在客廳桌上的刨冰盒中，看著電視。

電視螢幕正播放著新聞，恰好在說這次事件。

「現在我們再次來到這棟神奇的冰凍公寓。」這位女記者面色嚴肅，說話速度相當快，語調慷慨激昂，「經過我們這幾天的調查、請教各界專業學者，仍然無法解釋這事件的原因。」

多莉絲盯著電視，一邊啃著結凍的餅乾，口齒不清地冷哼：「哼，當然。」

電視畫面切到一位頭髮花白的化學教授，背景是實驗室，「經過我方實驗室的實驗，這完全無法以科學角度來解釋此事件。畢竟要在一瞬間將整棟公寓都結凍，如果沒有任何工業用的冷凍設施，是絕對不可能辦到的。」

一旁的女記者趕緊問：「意思是？」

教授面色凝重如鉛，「雖然不想承認……但這件事情，確實極可能有『超自然』力量在運作……」

他的話都還沒說完，女記者立刻將攝影機鏡頭推向自己，激動得簡直快把臉貼上螢幕了，「沒錯！因此我們合理懷疑，是否有『雪女』出沒在這座小鎮！」

接著螢幕上出現大大的怪物圖鑑——一位頭髮與眼睛皆是冰藍色，並且穿著一身雪白素色和服的女人。她的表情冷若冰霜，雙眼冷酷，抿成一字形的嘴唇毫無血色，而長髮在暴雪中散亂飛舞，模樣看起來相當可怖。

「才不是呢！」多莉絲氣呼呼地將吃到一半的餅乾丟向電視，「這明明就是我的傑作！這個奇怪的女人才不是多莉絲呢！我比她可愛一百萬倍！對吧，陳浩！」

陳浩只是默默地關掉電視。

這些記者實在有夠無聊，全天下都在發生大事，偏偏這種無關緊要的小事都被報那麼大，甚至還上獨家新聞好幾天……他真的嚴重懷疑記者根本只是假借調查真相的名義，行偷懶之實。

「人家看得正高興，你做什麼呀！還不快打開！」

「……每天都在重播了不是嗎？」

重點是，他已經看了不下百次，連影片分享網站都在播。

多莉絲鼓足腮幫子，「這可是人家的傑作欸！多看幾次又不會怎樣！不然這次乾脆把這棟舊舊醜醜的房子凍成像城堡那樣……我想這樣子一定更適合如此身分高貴的我住。」

「不行，絕對不行！」

「為何？」

陳浩得拐個彎好讓多莉絲能接受，「如果又再被報導出來……這次都已經放雪女了，那麼下次放在電視螢幕上的照片就會越來越醜、越來越殘暴。妳確定妳自己能接受嗎？」

「比剛剛那個女人還醜？」

陳浩點頭。

多莉絲突然覺得沒意思，「那就算了，白費我的力氣……對了，不然乾脆叫那些『機者』來採訪我就好了啊！這樣總該把我拍得美美的吧？像我這麼可愛，一定怎麼拍都好看。」說完，她居然還在櫃子前的玻璃前面擺pose。

「……是『記者』。如果這麼做，妳大概會被科學家抓去研究吧。」

「科學家？研究？」

「看到剛才那個白頭髮的老頭了吧，那就算是科學家的一種。」陳浩為了避免多莉絲真的幹蠢事，先在內心對世界廣大的學者們道歉，「妳會被關在籠子裡面，每天每天都有大概一百多個剛才那樣的人盯著妳，二十四小時觀察……然後還會塞奇怪的藥逼妳吃。如果妳覺得無所謂，那我現在就幫妳打電話。」

多莉絲越聽，臉色越白，眼看陳浩還真的要拿起手機撥號碼，她趕緊擋在手機螢幕前方，「誰說我要了！還不快住手！」

電話其實根本沒撥出去，陳浩還是收起手機。

「話說回來，最近每天都吃一樣的東西，已經受不了了啦！我要吃那種軟綿綿、香甜甜的冰，不要刨冰了。」

陳浩嘆了口氣，「妳以為我不想嗎……這幾天都只有吃冰，根本吃不飽，還營養不良啊……」

這週以來，他根本不敢出門，更別說是去買東西來吃了。他後悔那天去超市時，買的全部都是跟刨冰有關係的東西……就因為家裡沒有其他食物的庫存，從五天前開始，他們過著天天吃刨冰的生活。

雖然買了很多果醬和水果，但刨冰還是刨冰，吃到後來，光是在磨那閃亮亮的碎冰時，陳浩都會忍不住哀嘆自己的人生為何如此悲涼。

他甚至還開始出現幻視，眼中看起來是豬排蓋飯或漢堡之類的東西，但實際放在嘴裡，還是那該死的清脆冰涼口感。冰就算是吃進肚子裡面，也很快就餓了……畢竟統統都是水分而已。

「嗚……好想念蛋白質和脂肪的味道……」

陳浩已經瘦了一大圈，理由是就連抗冰屬性LV. 10的腸胃，都快要撐不住折騰，甚至開始有拉肚子的傾向。他現在就連看到窗外的麻雀都會聯想到打獵和烤肉的畫面。

——再這樣下去，一定會瘋掉啊！

——可是，像昨天那個記者超級纏人的……

陳浩想起昨天被一個記者纏上，就因為他堅持異狀是從陳浩房間窗口冒出來的，所以死命要求陳浩提供線索，或是乾脆讓他進屋內調查，最後當然是被陳浩拒絕了。

但是那個記者不肯走，昨晚居然還在他們家外頭放睡袋過夜！更扯的是，來此夜宿的記者還不只他一個……他鐵定是說服了同伴來堵陳浩，真可怕的毅力。

看樣子，只能期待是否有別的事件可以使這些無聊的記者轉移注意力，否則陳浩恐怕是沒辦法出門了。

「餓了……」多莉絲摸摸自己的平坦肚皮。

雖然她身旁可是疊著跟小山一樣高的刨冰碗和餅乾袋，卻搞得好像讓她餓了整個世紀那樣用埋怨的眼神望著陳浩。

真的嚴重懷疑自己養不養得起這隻超會吃的小傢伙，陳浩不禁嘆了口氣，但還是走向廚房，打算要做幾碗刨冰給她吃。

誰知道……不知何時，各種口味的果醬都已經被吃光啦！

看玻璃罐子如此乾淨溜溜的樣子，簡直就像是被仔細清洗過那樣，陳浩馬上就知道，絕對是多莉絲偷吃的！更何況她嘴邊殘留一塊草莓醬渣渣，她還在陳浩看過來的時候心虛地看向他處。

陳浩看冰箱已經空了，總不能在刨冰上頭放醬油吧，「……那只能吃清冰了。」

「什麼——！」多莉絲做出誇張的表情，「你竟然要如此尊貴的我吃結冰的水！

才不要呢，還不快點去買冰淇淋或雪糕！」

……原來這才是她吃掉果醬的真正目的啊！

「這有什麼辦法，那天事情鬧太大，外面又有人堵我，怎麼出門啊？」多莉絲甩頭，臉頰活像藏了數十顆葵瓜子的倉鼠，「我不管！人家我已經受不了每天吃一樣的冰了，現在就必須要吃新的！電視上那個季節限定的荔枝冰淇淋，現在立刻馬上！」

「我也很想啊……好想大口大口吃美味的咖哩……章魚燒……還有各種口感鬆軟的冰淇淋……」陳浩無奈地偷偷拉開窗簾一角偷看，果然看到那幾個記者還在走廊那邊堵人。等等，他們甚至還有閒情逸致在那邊煮火鍋！太缺德啦！

他懊惱地拉上窗簾，但不知道是不是發現他們在煮火鍋的關係，總覺得那湯頭的香氣越來越濃郁了……

——等等，這味道……不是鹹酥雞嗎！啊啊、太可惡了啊啊啊！

「不行、我今天一定要吃到炸豬排咖哩！」陳浩終於再也忍不住了，看向倒在桌上耍賴的多莉絲，「聯手吧！只要能支開那些記者幾秒鐘，讓我能衝出去，就能買到冰淇淋和食物了！」

多莉絲雙眼立刻亮了起來，「凍成人形冰塊嗎？沒問題！」

「不行啦！這樣他們恐怕會乾脆買下這棟公寓……那我們可能永遠也出不了門了……而且弄不好可能還會出人命，沒有更好的辦法嗎？」

兩人陷入思考之中。

「有了！」多莉絲露出胸有成竹的笑容，「陳浩，看好時間，五分鐘左右聽到我的暗號，你就大喊『雪女出現了！』，等他們跑開，你就可以趁機逃走了！」

陳浩滿頭困惑，「啊？」

多莉絲推著他走到玄關，「快點，記著，要馬上喊喔！」說完，她不等陳浩有機會多問些什麼，就從廚房那邊的窗戶縫隙飛了出去。

「沒問題吧……」陳浩穿上鞋，確定錢包和鑰匙都放在身上。

沒多久，廚房窗戶那邊傳來多莉絲敲窗口的聲音。

知道這是訊號，陳浩立刻敞開喉嚨對著窗戶外的那群記者大喊：「雪女出現了、雪女出現了——！！」

他喊完，立刻躲到窗邊偷看。只見外頭原本還在準備要放入上等牛肉片的四位記者，一聽到這個消息，原本毫無幹勁的雙眼立刻迸出驚人的光。他們以嚇人的速度放下碗筷，抓起相機和錄音筆、筆記，飛也似的衝下樓去。其中有位記者還折回頭，關上瓦斯爐的火，又衝下樓去。

確定他們都跑光，陳浩立刻打開家門，跨入久違的外面世界，雖然迎面而來的是薰風，但竟讓他覺得如此懷念，「我出門了——」

說完，他立刻衝下樓去。

陳浩衝出公寓大門，發現居然暢通無阻，沒有半個記者埋伏，卻聽見路口那邊傳來人群譁然的聲音。他悠然回頭一看，這才驚見佇立在公寓右前方空地上的那棵大櫸木，居然被凍成了聖誕樹的模樣。

看到這華麗的樹型冰雕，最上頭居然還有模有樣地有個結凍的星星，陳浩突然想起昨天晚上和多莉絲一起看電視時，出現在影片裡的那棵巨大聖誕樹……

沒錯，這絕對是她的傑作。

櫸木旁邊圍了一群人和記者在那邊現場直播。

「雪女再次現身這座小鎮！」女記者激動地將手擺向那棵三層樓高的櫸木，「看看我身後這棵大樹，幾分鐘前還只是普通的樹，轉眼就凍成冰了！根據剛才的目擊證人透露，在樹凍結不久前，有神秘的藍光圍繞，轉眼不到一秒就變成這樣！這絕對是雪女出沒的證明！」

現場混亂不堪，到處都是觀望的人群，陳浩發現那幾個在自家門前吃火鍋的記者也在裡面，而且他居然還有閒情逸致抓著插在筷子上的半截甜玉米，一邊看著樹、一邊啃著。

不巧的是，他好死不死恰好跟對方對上眼。

陳浩心虛地轉頭就跑，而那名記者扶一把黑框眼鏡，第六感再次浮現：剛剛第一時間喊有雪女出現的人的聲音，根本就是陳浩啊！這傢伙鐵定知道些什麼！

「等等、我想請問一下！」記者將玉米拋給一旁的夥伴，拔腿追去。

「我什麼都不知道啊啊啊——！」陳浩埋頭狂奔。

◆※◆※◎※◆※◆

「呼、呼……真難纏……」

好不容易擺脫記者，陳浩真是揮汗如雨，回想剛剛的追逐場面，他實在不得不佩服記者的體力真是超群……原來他們除了有敏銳的第六感、嗅覺靈敏之外，居然還死咬著不放，形容為鯊魚簡直傳神。

陳浩在城鎮的商店街慢慢地走，看著熟悉的街道和人群，那閒適的氛圍，使他恢復了些精力。以前夏天總是希望留在冷氣房裡不出門，現在終於明白原來還是外頭的空氣才新鮮。

當他經過一家咖哩店的時候，想都沒想地進入店裡吃了兩大盤咖哩飯，還不忘記買幾份回家準備冰著，隨時微波可以吃。然後又去超市搬了一堆冰淇淋、冰棒，還有幾袋冷凍食品和甜點……當然也補齊了一些所需要的家庭用品。

這次補的貨可比上次還要多，畢竟陳浩估計這次接連的事件，恐怕會有更麻煩的記者來守株待兔……他已經開始考慮是不是應該建議超市也該跟進宅配的風潮，他絕對優先捧場。

因為餓過頭，陳浩失心瘋地一次買了相當多的食物，現在離開超市，要將這幾大袋加起來大概有十幾、二十斤的東西，在這麼炎熱的天氣裡把它們搬回家，真是比想像中還要耗體力啊。

沒多久，他已經滿頭大汗，甚至覺得自己根本就是在荒漠裡迷路的旅人。

就在此時，一片綠意出現在他眼前，原來奇蹟之湖的公園就在附近。一如往常，不少人在森林步道散步、休憩，那涼爽的微風吹拂過來，對他而言，簡直像是在沙漠中找到了珍貴的綠洲，他幾乎要喜極而泣了。

現在實在是太熱，手臂也已經瘦得快要撐不住，陳浩決定先到公園裡面休息一下再說……吃根冰棒再繼續走吧！

他沿著公園左側的森林步道，先是爬了一段上坡，然後陳浩便看見那在陽光下閃閃發亮的湖從一片綠意之中顯現出來。

他加快腳步，走出了森林，來到湖邊，找個在樹蔭下的長椅坐著休息。

放下手中的重物，陳浩忍不住伸個懶腰，大大地吸一口充滿芬多精香味的涼爽空氣，並且拆開手中的冰棒包裝，吃了一口冰涼涼的布丁雪糕。那甜甜的香味讓他臉上綻放出笑容，所有疲勞瞬間消散。

緊繃一週的心情總算放鬆下來，陳浩這才有心情眺望這座美麗的湖，就連看到平靜的湖面上有幾隻嬉戲的天鵝，都不禁泛起微笑。

他想起了多莉絲說過關於冰宮的事情，畢竟她每天都會講個三遍左右，接著開始用很奇怪的文法來朗誦冰宮的偉大，就算他想忘都忘不掉。

是啊……這不僅是與多莉絲相遇的地方，也是邂逅那位戴著白帽子、一頭飄逸金髮的美麗女孩的地點啊……

陳浩腦海裡浮現那天的點點滴滴，不禁嘆了口氣，「自從那天之後，就再也沒見到她……她該不會已經把我忘了吧？」他抬頭，眺望向湖的彼方，「如果湖裡面的女神能聽到，請實現我想見她一面的願望吧？我在說什麼啊，哈哈哈……」

笑著笑著，陳浩卻瞥見……在湖邊與森林步道的相接路口處，有個吸引人目光的身影就在那裡。她穿著一身輕飄飄的淺綠色長裙，一頭亮麗的微捲金髮在風中飄逸。她凝望著湖的彼端，用右手遮住毒辣的陽光，雪白的肌膚在陽光下非常醒目。

陳浩無法將視線從那女孩的背影移開。

「這……該不會……」陳浩情不自禁地站起身來，又驚又喜。

這絕對是湖的女神聽到了他的祈禱！陳浩趕緊將手邊這好幾大包的物品統統都塞進長椅下方，然後用薄外套大致遮掩住。他擦掉汗水，大略撥一下頭髮並整理儀容，這才鼓起勇氣慢慢走過去。

躊躇了許久，陳浩終於開口：「那個……」

那女孩回過頭來，看見他時杏眼微張，大概過了兩秒才想起他是誰，「啊……你不是上次那位喜歡冰淇淋的……」

「對啊！原來妳還記得我！」陳浩難掩笑意，道：「上次妳怎麼突然不見了？我因為找不到人，所以只好把妳的帽子帶回家保管……不過妳放心，帽子很乾淨，我也洗過、晾乾了。」

女孩嫣然一笑，「謝謝你，你真好。」

這笑容使陳浩一瞬間忘了酷暑，彷彿踏入盛開的花園……就因為太開心了，居然完全沒注意到女孩並沒有回答他的問題。

「那妳在這裡等一下，我馬上回去拿——」

「啊，不用麻煩啦，其實不急。」女孩拉住陳浩的衣袖，靦腆地笑了，「如果可以的話，請問你現在可以陪我聊聊天嗎？我在這裡沒有太多認識的同輩朋友……」

面對女孩的要求，他當然不可能拒絕，更何況他也希望有機會多了解她。

陳浩欣然點頭，「當然好啊！我們去那邊坐吧？」他指向底下塞了大包小包物品的長椅，「其實我剛剛才去超市買東西，有買巧克力口味的銅鑼燒冰淇淋，我們邊吃邊聊吧。」

女孩笑著點頭，「你真的很喜歡吃冰呢。」

陳浩不好意思地笑了。

「那個，我叫做陳浩。請問我要怎麼稱呼妳呢？」

「我的名字是顏芝蝶。」

兩人坐在湖畔綠蔭下的長椅上，望著平靜、映著晴朗天空的大湖，吃著銅鑼燒冰淇淋。沐著森林吹拂而過的微風，陳浩口中滿是銅鑼燒冰淇淋的芬芳香甜，身邊又有夢中情人相伴，他突然覺得自己是世界上最幸福的人了。

雖然是顏芝蝶自己提議要聊天的，可是開話題的人總是陳浩，也都是陳浩在講話居多。而且他發現，顏芝蝶雖然是笑著的，也會回應自己說的話，但是他能夠從她眺望湖邊的眼神中讀出些許的落寞。

陳浩猜想她一定有什麼心事，或許是自己和她不夠熟識，她還不願意說出口吧。但就算如此，陳浩覺得還是得試試看，也許有機會可以踏進她內心一步。

「妳正在煩惱什麼嗎？」

被如此問到，顏芝蝶愣了一下，稍稍垂下眼簾。

「呃……不勉強啦……只是如果有煩惱，說出來會比較好，也或許我有可以幫上忙的地方……」

「嗯……」顏芝蝶的笑容有點憂鬱，「只是……望著這片湖總是那麼寧靜，就不禁想……這座湖是不是從千百年來就一直是這個樣子呢？四周的景色有變化很多嗎？這座湖一定親眼見證了許多大自然的變化吧。」

沒想到她居然想的是這麼不著邊際的問題，陳浩不禁傻了。

——莫非是多愁善感的雙魚座嗎？

「陳浩？」顏芝蝶見他在放空，手在他眼前晃了幾下，陳浩才回過神來。

陳浩尷尬地笑了笑，一口吃掉剩下的銅鑼燒冰淇淋，「沒事，只是冰淇淋太好吃了，有點恍神，哈哈哈……」

眨眨眼，顏芝蝶被這奇怪的理由逗笑了，但笑容沒有持續太久，她又凝視著湖面上嬉戲的天鵝，「有時候，好羨慕鳥兒能自由自在地飛翔……想去哪就去哪。如果生命總是那麼短暫，我希望至少能開心地過著每一天……」

說著，她眼眶泛起淡淡的淚光。

陳浩愣了一下，「怎麼了？」

「沒事……」顏芝蝶搖搖頭，但眼眶和鼻頭微微泛紅，一點說服力也沒有。也許是察覺自己失態，顏芝蝶站起身來，回頭對陳浩說：「突然有點事情，我可能要先離開囉。」

「欸？」

「謝謝你的冰，很好吃唷。帽子就先寄放在你那邊……之後再跟你要囉。那，我們下次再見囉，今天謝謝你。」

顏芝蝶對他揮揮手，緩步走進森林步道之中，被綠意與人群吞沒了身影。

「啊……」陳浩因為她的匆匆離開而錯愕，雖然想追上去，卻又怕她會反感，不禁嘆了口氣，「該不會我問了什麼不該問的問題吧……啊，忘記問她的手機號碼或是其他聯絡資料了……」

沒想到好不容易再次降臨的機會，居然被自己搞砸了。陳浩懊惱地癱坐在長椅上，看了一眼這些裝滿滿的袋子，深深地嘆了口氣，「算了，回家吧……」

◆※◆※◎※◆※◆

當陳浩辛苦地扛著袋子回到公寓前，抬頭卻發現那棵結冰的大樹已經融化得差不多了，大概是天氣實在太熱，就算是多莉絲的冰也無法久撐吧。不過還是有一些人在那邊圍觀，其中當然包括一些記者。

他掃視一圈，確定那名纏人的記者不在，他立刻衝進公寓爬上三樓，轉個彎，站在自家大門前方。

為了拿鑰匙，他只好先放下右手的袋子。

誰知道鑰匙才剛插進鎖孔，樓梯那邊就傳來急促的腳步聲，並且在他開門之前，那名早上追著他跑的記者居然像忍者一樣瞬間衝到他面前。

「你、你還不死心啊！」陳浩對他那執著的眼神感到莫名壓力。

「沒錯！在追到真相之前，絕對不能放棄任何蛛絲馬跡！這可是對是否真心想當記者的考驗，就算夥伴放棄了，我也絕對不會放棄！」記者雙眼迸發出驚人的光亮，已經將錄音筆開啟，「今天早上喊雪女出沒的人是你不會錯！我看過房間配置圖，你家不管哪個窗戶都不可能看到那棵樹才對！既然如此，為何幾乎在第一時間發現！」

他一開口就是一長串話，而且字字鏗鏘有力，害陳浩彷彿是一隻被貓逼到角落的可憐小老鼠，瑟縮在角落，任憑宰割。

「呃，我……」

「還有老問題了，公寓冰凍的當天，你說你人在場，但是卻沒看見任何的異狀對吧？根據不只一位的目擊證人都說，看見冰晶自你的屋子裡湧出，這未免也太矛盾！是否可以解釋一下呢！」

面對咄咄逼人的記者，陳浩被問得啞口無言，想逃卻無處可躲，腦子混亂。

此時，好死不死，記者的聲音把多莉絲吵醒了。

她見門開了一條縫，只看見陳浩還有好幾大包的袋子，就知道絕對是超美味的冰品和甜點！她喜出望外地自門縫飛了出去，「這不是回來了嗎、太好了，終於有冰淇淋吃囉……欸？」

場面一片靜默，而記者看見多莉絲的時候，整個人像是石膏像佇立在原地，雙眼幾乎要突出眼眶，下巴幾乎有脫臼嫌疑般的拉長，「精、精靈？！」

陳浩嚇得渾身血液都凝結了，「不、你現在看到的是幻覺……眼睛有業障！」

「原來是精靈的傑作啊！天啊、這世界居然有精靈，對，證據證據——」記者手忙腳亂地拿起掛在脖子上的相機。

陳浩驚呼，「多莉絲、跑啊！別被那個東西對到！」

「欸？」

多莉絲愣了一下，發現記者已經將鏡頭對著自己，嚇得趕緊飛到陳浩背後去躲。

記者當然是繼續追著多莉絲跑，陳浩就像是人形電線桿那樣，一人一精靈繞著他跑來跑去，搞得他頭昏眼花。

誰知道記者突然來個逆向突襲，多莉絲又暴露在鏡頭中，在他即將按下快門的瞬間，多莉絲當機立斷地朝樓梯方向飛去。

「別跑！」記者急忙追了過去，但一個不小心被袋子絆住腳，手中的相機飛了出去。他嚇得趕緊飛撲過去接，當接到相機的時候，還不得不佩服自己真是有夠英勇，但突然覺得不對……

此刻映入眼簾的竟然是樓梯啊！

「啊啊啊啊啊──！」

樓梯口傳來「砰砰砰」的聲音之外，還有記者的慘叫聲。

這聲音使陳浩恍然清醒，急忙追去樓梯口一看，發現記者以奇怪的姿勢趴在樓梯上，臉上的眼鏡都歪掉了。而多莉絲愣在一旁，不知所措。

看到這畫面，陳浩傻了一秒，立刻拿出手機撥打救護車電話，沒想到電話都還沒接通，那名記者就已經像墳墓裡死而復生的殭屍似的重新跳起來，多莉絲嚇得立刻衝進陳浩的夾克內層。

「噠噠噠噠——」

聽到剛才記者尖叫的居民，還有其他記者們一窩蜂地衝上來。

那名眼鏡歪了一邊的記者找不到多莉絲，立刻衝上去逼問陳浩：「我都看到了！你這傢伙手上有一隻藍色的精靈！就是那隻精靈造成這些異象，還不快點交出來！」

趕來的人們交換個困惑的視線。

「精靈？」

「怎麼可能？」

陳浩下意識拉緊多莉絲躲藏的夾克，對騷動的人群說：「沒什麼啦、剛剛這個人從樓梯上摔下來，就一直說什麼精靈精靈的……可能撞到頭了吧。請問有沒有認識他的人可以帶他去看醫生？」

人群裡剛好有早上還和這位記者一起煮火鍋的夥伴。

「真是的……就叫他放棄了，連續一週沒睡也快到極限了吧。」那個人無奈地抹一把臉，擠過人群，爬上樓梯，拍拍那位記者的肩膀，「走吧，我帶你去看醫生，別再丟臉了。」

「真的、我都看到了！藍色的精靈！真的！」

「好好好。下次帶你去看藍色小精靈電影，我出錢，ＯＫ？」

「不是乖乖桶上的那個、相信我啊——！」

就這樣，那位記者被他的朋友，外加幾位熱心的人拖去給醫生診療了。

後來，媒體的焦點轉移到這位記者身上。各大新聞臺開始報導他的身家，分析他為何選擇當記者的原因，還有記者所處環境使他壓力太大而鬧出幻覺等等……不知不覺中，這棟公寓和大樹結冰的事件逐漸被遺忘了。

雖然對那名記者感到有點抱歉，但陳浩和多莉絲還是打從心底鬆了口氣。

第五章
這算是命中注定？

那件事情平息之後，又過了一個月。

怕又發生類似的事件，陳浩已經放棄要靠多莉絲來開冰店的念頭了，也乖乖地繼續埋首過著寫履歷和自傳，並且一家家地投給各個公司的單調生活。

不知不覺，秋天已經靜靜地降臨了。

這天，陳浩在超市買了一些要進貢給多莉絲的甜點，正打算回家的時候，悠然抬頭，才發覺向來總是一片青綠色、茂密的人行道樹，不知不覺已經變得枝葉稀疏，連樹葉也染上了些許的枯黃。

天空也陰陰的，不再是明亮的藍色。

這是秋天的憂鬱色彩。

迎面而來的風也捎來些許涼意，或許是察覺入秋的關係，陳浩的心裡也染上了些許的鬱悶。前幾天，他收到父母的簡訊，詢問他在這邊的生活如何，因為不想讓父母擔心，所以他假裝已經找到工作，但是還不順利，持續努力中。

看著銀行帳戶裡的錢越來越少，他也開始擔心了。

「唉……希望這次能順利。」他喃喃說著，推開自家的門，「我回來了。」

——嗯？電視是關的……空調也正常，地板也很乾淨，可是多莉絲上哪去了？

他打開門邊的電燈開關，室內亮了起來，「多莉絲？」

「噠噠——」

房間那邊傳來腳步聲，陳浩抬頭一看，卻見一名冰藍色長髮綁成兩邊高馬尾的小女孩穿著單薄的藍色碎花小洋裝，從自己的房間裡跑出來，在他還來不及看清楚她的樣貌時，小女孩已經一個箭步撲向他。

「欸……妳是誰？怎麼會在我家？」陳浩愣地望著這個大概年齡不到十歲的小丫頭，「妳的爸媽呢？等等……難道這是整人節目？算了，反正我又不是蘿莉控……」

「冰淇淋——！」小女孩搶走陳浩手裡的其中一個袋子，上半身鑽進袋子裡面摸索，一口氣抱走三個最新口味的冰淇淋，然後迫不及待地拆封，當場吃了起來，「嗯嗯，還滿不錯的嘛！」

看到這霸道行徑，還有這似曾相識的臉蛋……

「等等……妳該不會就是多莉絲吧？」

小女孩抬頭，鼻尖上沾了栗子口味的冰淇淋，得意洋洋抬高下巴，「答對了！」

陳浩當場愣住，直到小女孩模樣的多莉絲嗑掉了那杯冰淇淋，這才稍微回過神，驚問道：「妳怎麼變成人了？妳的翅膀呢？妳的能力呢？妳該不會打算就這樣待在人類世界吧！」

「才不是呢。」多莉絲輕蔑地瞟他一眼，隨手又拆了另一根青梅口味的冰棒，塞進嘴裡，「我才不要變成像你一樣不能飛的次等生物呢！只不過是力量變強了，就姑且試試看能力……絕對不是看電視上的女明星才起意的！」

陳浩看了一眼房間裡的電視機……原來現在正在直播世界小姐的選拔現場。

「可是……這年齡好像有點差距喔？身材也……」陳浩無言地說。

「就跟你說人家才不是因為那些女人的關係了！」多莉絲臉頰整個紅了起來，但是卻忍不住低頭看了看自己平坦的原野，咕噥著：「只要再幾個月的成長，一定可以變得更完美……」

當發現陳浩略帶懷疑的視線時，多莉絲不禁抗議道：「你這是有意見嗎？不准有意見！」

「是是。」陳浩嘆了口氣，無奈地聳肩，「總而言之，不管做什麼都可以，但別再把事情鬧大了……妳應該不會想像上次那樣，被一些怪怪的人糾纏吧？」

多莉絲戰戰兢兢地搖頭，上次那咄咄逼人的記者太可怕啦，她到現在都還是會做惡夢呢！

想起不該再混下去了，陳浩今天之內必須要準備好其他公司的履歷。他轉身打算走回房間，「那妳慢慢玩，我先去忙了……」

「等等！」多莉絲敞開雙手擋在房門前。

「？」

「你……不覺得今天對我有『別的感覺』嗎？」多莉絲扭捏了好一會兒，臉頰發紅，但看起來就像在生氣似的，「一個陌生的人類女孩在單身男子的家裡耶，不是應該害羞嗎！」

陳浩默默地看了多莉絲幾秒。

——就一個頂多國小二年級的丫頭，到底是要我害羞什麼啊？硬要說的話，就只有被誤認為變態誘拐犯的困擾吧！

「我說……妳到底是看了什麼奇怪的節目啊？」

多莉絲愣了一下，甩過頭去，連耳根子都紅了，「才、才沒有呢！」

「……之後超過十點電視就得關機。」

「——欸、為什麼！」

「啊，裝MOD也要多付一筆費用，乾脆取消好了。」

多莉絲歪頭，「取消會怎樣？」

「這樣的話，以後電視打開來就只剩下四臺可以選，而且還是很無聊的。」

聽到這個可怕的結果，多莉絲受到不小的打擊，「那當然不能取消呀！」

「那答應我過晚上十點要乖乖睡覺，不看電視好嗎？」

多莉絲咕噥著，捏著指尖，「好啦好啦……」

「我現在要忙，先不要吵我喔，袋子裡的冰妳自己拿吧。」

「喔……」

陳浩拍拍多莉絲因沮喪而垂下的頭，走進自己房間後，順手關門，隨即打開房間電燈開關。他坐到電腦桌前，開機，點開Word頁面，打開之前的檔案想要修改一些資料。

「嗯……該怎麼改好呢？」

此時，門被多莉絲打開一條縫。她從門縫中盯著陳浩，嘟著嘴，「你……不覺得你最近很冷淡嗎？」

陳浩假裝沒聽到。

「難道是傳說中熱戀期已經過了嗎？」多莉絲喃喃自語地猜測，把談論情感為主題的節目內容反芻一遍，不禁大驚失色，「啊、難道說是外遇！還是叫做劈腿……」

多莉絲自己一點都不內心的內心戲在旁上演，陳浩就算是想要專心寫履歷也被吵得無法專心，又因為有時限在趕，不免煩躁起來。

「說！你是不是有別的女人了？」經過一番內心糾結，多莉絲氣極敗壞地衝進房間，踮著腳尖戳著陳浩的背，「都有我這個女神候補在了，居然還敢腳踏兩條船？你怎麼可以這樣，太可惡了！不對，我才不介意呢，哼！」

陳浩實在是被她煩得受不了，「我今天一定要寄出履歷，所以——」

「現在是想打發我嗎？你怎麼可以這樣！」

「不，我只是要忙……」

「男人果然不可信！」

誰知道好好講，多莉絲根本聽不進去，還像個孩子那樣蹦蹦跳跳地抗議，陳浩知道再這樣下去根本不可能趕出需要的資料，便將資料複製進隨身碟，「我要出門，可能晚點回來喔，門要鎖好。」

說完，他抽起隨身碟，帶上需要的資料和隨身物品就準備離開，留下多莉絲愣在原地。

她氣得打開塑膠袋，把冰一口一口吃掉，「討厭，不理你了！」

◆※◆※◎※◆※◆

離開公寓，陳浩立刻到鎮上的圖書館，專心地將需要的資料整理完。也許是因為耳根子清靜了，他的進度比想像中還要快，大概下午四點左右就已經把資料處理好，也順利寄出了。

雖然未來還是一樣不確定，但至少把事情做完，他也覺得輕鬆多了。

「呼……買冰來吃吧。」他將隨身碟隨手放進口袋，到圖書館旁邊的商店想買巧克力栗子口味的冰淇淋來吃。

不知道是不是錯覺，他總覺得那間商店灰灰暗暗的，東西擺得頗為雜亂就算了，好像還隱約聞到一些異味。但他既然都進來了，不買東西，總覺得那個坐在灰暗櫃檯的老闆一直盯著自己。

他尷尬地從冰櫃拿出一根應該是巧克力口味的冰棒，付了錢之後就匆匆離開這狹小又髒亂的店。

「不會再來第二次了……真詭異。」陳浩拆開冰棒包裝，放進嘴巴裡咬了一口，總覺得味道好像哪裡怪怪的，但他想著下午的事情，漫不經心地吃著冰，「……最近好像真的對多莉絲有點冷淡……好吧，回去的時候買個點心向她賠罪好了……」

突然，他的肚子不太對勁，發出抗議的冗長叫聲。

「欸？肚子怎麼……」

「咕嚕嚕——」

肚子越來越痛，陳浩痛得渾身冷汗，抱著肚子，急著找廁所——恰好看見城鎮街道上一座不超過百坪的小公園旁邊有簡單的公廁。雖然看起來好像不太乾淨，但現下也沒太多選擇，陳浩直奔而去。

過了一會兒，陳浩虛脫地從廁所走出來，連腳步都快站不穩。

他不得不懷疑剛才吃的那根冰棒是不是有問題，當他抽出塞在口袋裡的包裝袋一看……天啊！早已過了保存期限一年多，原來剛才味道古怪根本不是錯覺啊！

明明才剛和馬桶大戰一回合，現在他的肚子又開始發出怪聲，微微發痛，看樣子這次是沒辦法簡單的平息下來。

陳浩抬頭，在街道拐彎處找到一間藥局，他忍著腹痛，快步走去。

「叮咚——」

「歡迎光臨。」

陳浩一進這間狹小、兩旁透明玻璃窗塞滿各式藥物的小藥局，立刻直奔向站在櫃檯後方的老藥師，「不好意思，我想要買——」剛好瞥見同樣站在櫃檯一旁，那個似曾相識的身影。

此時，他發現對方也同樣訝異地望著自己。

——是顏芝蝶！

她的服裝是充滿秋意的白襯衫與咖啡色編花長裙配靴子，脖子圍上米白色的毛絨圍巾。不知道是不是錯覺，總覺得她看起來好像有點沒精神，而且臉頰似乎有點紅紅的，眼神有點渙散？

老藥師拿下老花眼鏡，視線上望，「買什麼？」

「呃……買……」做夢也沒想到居然會遇到顏芝蝶，陳浩就算是肚子痛死，也想要捍衛自己的尊嚴，「買……對腸胃好的藥，長期的，保健的，最好立即有效的。」

老藥師挑眉，上下打量著陳浩，抬頭紋就像龜裂的樹皮般深刻，「……你臉色不太好，應該是吃壞肚子吧？如果下痢的話……」

「絕對沒有！只是『有點』腸胃不適……幫朋友買的！」

「可是……」

「拜託了，只要普通的腸胃藥就可以了！」

老藥師顯然有點困惑，但看陳浩如此堅持，也不再多問，從櫃子裡拿出一盒紅色包裝的胃散，「這個，三百元。」

「謝謝。」

陳浩抽出皮夾，付了錢，拿起藥一瞥……哇、盒子上的廣告可是大大地寫著「治下痢特效」這五個大字啊！

他嚇得趕緊將藥塞進口袋裡，卻發現老藥師正以意味深長的笑容對他點了個頭。原來他一眼就看出來陳浩因為在意顏芝蝶的目光而說謊，真是不得不佩服他的各種觀察力。

「好巧，你也來買藥呀？」顏芝蝶微笑。

「是啊……妳怎麼了？臉好紅。」

「有點不舒服……可以借我你的手嗎？」顏芝蝶說完，拉過陳浩的手。

這大膽的舉動，再加上在場的老闆正趣味盎然地盯著他們，陳浩臉都紅到耳根子去了，但他完全沒有收回手的打算，他感覺到顏芝蝶的手心似乎比平常還要熱。

顏芝蝶將陳浩冰涼的手放在發燙的頰邊，閉上雙眼，嘴角泛起了微笑，「嗯，好舒服……冰涼涼的。」她情不自禁地用臉頰蹭了蹭他的手背。

陳浩羞得整個人僵硬如石膏，頭上簡直要冒煙了。

「嗯……好涼……」

「顏芝蝶！」

突然，顏芝蝶單薄的身軀失去重心，往陳浩那方倒下，嚇得陳浩趕緊攙扶她，但她卻像攤軟泥似的搖晃，意識已經逐漸飄遠。

察覺她的臉色真的不對，陳浩用手去試探她的額頭，「好燙！」

「怎麼回事！這孩子剛剛才從我這買了退燒藥，剛服用……」老藥師也嚇傻了，趕緊抓來電話叫救護車，「喂，救護車嗎？我這邊有人需要急救！這裡是——」

顏芝蝶柳眉緊蹙，無意識地呻吟：「不要……不要回醫院……」

「咦？」陳浩和老藥師不禁愣了一下。

「這怎麼行！」老藥師隨即報出地址。

「不要……不要回醫院……」顏芝蝶喃喃自語著，眼角竟然滑下了淚珠。

看到這，陳浩遲疑了。

最後，他揹起顏芝蝶，逃命似的衝出藥局。

◆※◆※◎※◆※◆

因為實在不知道要上哪去才好，最後在鎮上繞一圈，陳浩還是回到公寓。

他揹著一個女孩到處跑，一路上自然受到不少好奇的目光盯著看，但令他最痛苦的還是爬上三樓。雖然說顏芝蝶並不重，但從來沒有背上扛著人爬樓梯的經驗，陳浩費了好大的功夫才終於回到自己家。

沒手拿鑰匙，滿頭大汗的陳浩朝著窗口喊：「多莉絲、開門！」

房間內，變回精靈模樣的多莉絲趴在客廳桌上，雙手抱著冰凍的仙貝大啃特啃，而電視正播著討論男女情感的談話性節目，今天的議題正好是討論男生外遇或劈腿的事情。

她聚精會神地看著那些出軌徵兆，當聽見陳浩在門外呼喊，不禁咕噥：「哼，終於知道要回來了喔……還這麼急著要找我，哼哼，算了，就勉為其難原諒你吧。」

她故意花了好多時間，才拖拖拉拉地去開門。

「哼，是不是覺得應該……」

「借過！」

誰知道她才剛打開門鎖，話還沒說完，陳浩就猛地踹開門，像一陣風似的衝了進去，留下滿臉錯愕的多莉絲傻在一旁。

當她回過神，這才看見陳浩揹著一名金髮的陌生少女。

陳浩站在臥室與客廳之間，猶豫著到底該把顏芝蝶安置在哪。

最後還是選擇客廳，畢竟這組沙發滿舒適的，顏芝蝶的身高躺在長沙發上也剛剛好。當然最重要的，他還是不希望顏芝蝶醒過來的時候，發現自己在陌生男子家的床上……相信不管是誰都會嚇到吧？

陳浩將顏芝蝶安置在沙發上，並且為她蓋上薄被單，又去浴室端來裝了半個臉盆的水和乾淨毛巾。他將毛巾過水擰乾之後，放在顏芝蝶發燙的額頭上。

雖然知道她已經服下退燒藥，但是實在不確定藥到底有沒有效，而顏芝蝶又說不想去醫院，看來只好先觀察一陣子看看，如果沒退燒，為了生命安全，還是需要緊急就醫。

剛剛他量了一下她的耳溫，大概三十七度半左右，已經沒那麼危急才對。

他凝視著她熟睡的模樣。之前他從來沒有機會可以好好地看她的模樣，現在能這樣放心地觀察她美麗的容貌，真是難得……她的睫毛纖長又濃密，皮膚潔白如雪，雖然有點過瘦，但她的頸部和鎖骨線條很漂亮……

陳浩聽著她安穩的呼吸聲，不禁鬆了口氣，「太好了……」

「才不好呢！」

「哇！」

多莉絲雙手交環於胸，冷不防地闖入陳浩的視野中，嚇得他驚呼一聲往後退，差點撞到沙發前的矮木桌。

他發現自己發出太大的聲音，趕緊摀住嘴巴，並且確認顏芝蝶沒有醒來，這才安下心。他看向氣呼呼的多莉絲，壓低聲音小聲抗議：「別嚇人啊，吵醒她怎麼辦！」

「蛤？」多莉絲咬牙，指著初次見面的人類女性吼道：「我才想問你這是怎麼回事咧！突然帶了個女人回來……而且居然還是昏倒的狀態！你該不會『撿屍』吧？我真是看錯你了！」

陳浩扶額，「不，這是有原因的……等等，『撿屍』這個詞妳從哪學來的？」

「少轉移話題了！那個女人是誰！」多莉絲鼓著腮幫子，一副女主人在逼問丈夫的模樣，「不僅把人灌醉，居然還帶回來了……沒想到你看起來老實老實的，竟然是這種人……」

「妳想到哪裡去了！就說不要看奇怪的節目，被洗腦洗得太嚴重了吧？」陳浩不想再多說什麼，發現盆裡的水溫似乎有點太高，「得換水才行……加點冰塊好了。」

說完，他捧著水盆，繞過多莉絲，走向廚房。

居然被無視，多莉絲傻愣在原地。

她氣呼呼地追了上去，飛到冰箱頂端，低頭盯著陳浩忙著從冷凍庫拿出製冰盒取冰塊，連頭都沒抬一下。看他眼裡只有顏芝蝶，她也不知道怎麼回事，就是很焦躁又生氣。

她雙手交環於胸，「那女人跟你是什麼關係，幹嘛對她這麼好？」

「普通朋友而已。」

「普通朋友會帶回家來嗎？還是這種狀態？」

開始覺得多莉絲在無理取鬧，陳浩無奈地嘆口氣，「……我怎麼知道，她就突然昏倒啊。她又不願意去醫院，我只好先帶回來……」

「哼，藉口那麼多！」

「本來就是這樣啊，不然到底要我怎麼說啊！」

「還對我大小聲，絕對是心虛、有鬼！」

兩人的聲量隨著火氣升高而越來越大，原本熟睡的顏芝蝶也被吵醒。

她慵懶地挪動身軀，放置在額頭上的溼毛巾掉落在地上，「嗯……」她聽見東西落地的聲音，眉頭蹙起，緩緩地張開雙眼，「唔……？」

多莉絲做出捲袖子的動作，「好樣的，正好正好，給我解釋清楚——」

「太好了、妳終於醒了！」陳浩趕緊用更大的聲音蓋過多莉絲。眼看顏芝蝶迷迷糊糊地揉著眼睛，就要轉過頭來，但多莉絲還在場，別無他法之下，陳浩只好將多莉絲推進冰箱裡並且隨手蓋上冰箱門。

「砰砰砰！」

「笨蛋、還不快放我出去！」

在冰箱裡面的多莉絲奮力地拍打門，但她根本推不開門，因為陳浩擋著。

雖然陳浩暗暗在心裡向多莉絲道歉，畢竟這麼粗魯地把她關在冰箱裡，可想而知自尊心高的她會多生氣。然而，顏芝蝶可是病人，再加上她應該也聽過雪女現身那篇不實報導……若是她看到多莉絲，病情大概只會變得更嚴重吧。

為了顏芝蝶的身體著想，他只好暫時委屈一下多莉絲了，頂多之後再買冰淇淋賠罪就是了。

「啊……這裡是……？」顏芝蝶扶著還發昏的額頭，慢慢地坐起身來，一雙無辜的碧綠色眼睛困惑地張望著這間陌生的客廳，當發現在廚房裡的陳浩時，這才稍微鬆了口氣，「好像……給你添麻煩了。」

「沒事。」偷偷挪來椅子頂住冰箱門，陳浩端著放了些冰塊和水的水盆來到顏芝蝶身邊，「妳還好嗎？剛剛在藥店昏倒……又說不想去醫院……」

「砰砰砰！」

顏芝蝶隱約聽見有東西敲打的聲音，歪頭，「是不是有什麼聲音啊？」

「沒有啊，喔……聽說最近有一戶人家在施工，難免會有點噪音啦。」陳浩緊張地瞟一眼冰箱那方向，尷尬地笑了笑，「現在還會不舒服嗎？」

「還有點不舒服……可能再過一陣子會比較好吧。」顏芝蝶搖搖頭，有點尷尬地問道：「請問……這是你家嗎？這樣會不會有點打擾……」

之前還不覺得哪裡奇怪，但是經她這麼一說，陳浩才突然意識到孤男寡女同處一間房，感覺好像有點……曖昧？

由於心情很緊張，陳浩有點手忙腳亂，「啊，沒關係，我一個人住，所以不用太拘束啦！哈、哈哈……」

「砰砰砰！」

在冰箱裡的多莉絲抗議地撞擊冰箱，因逃脫不出而懊惱不已。

「什麼嘛、這個見色忘友的傢伙……」

多莉絲一屁股坐在黑漆漆的冰箱內，剛才被這樣對待已經心情夠糟了，更慘的是現在冰箱裡面還沒有任何甜點可以讓她消氣——就因為上次那事件，陳浩買了一堆蔬菜和肉品，以避免又只能過著吃冰的日子，卻反而少買了甜點。

氣憤難耐，多莉絲鼓起腮幫子，身邊漾起了魔力之光。

冰箱外面雖然看不太出異樣，可是冰箱其實在微微地發抖，震得擋在冰箱門前方的椅子卡卡作響。

「嗯……施工真的有點吵呢。」顏芝蝶抬頭看著無辜的天花板。

「就是啊，連續好幾個禮拜了，很困擾呢。」陳浩已經發現冰箱那邊的異狀，只好假裝沒事般關上廚房的門，並回到客廳另外一邊的沙發，「話說……妳現在真的還好嗎？如果真的很不舒服一定要說喔。」

顏芝蝶垂下眼簾，「嗯……其實還有一點……不過我已經習慣了。」

「習慣？」

顏芝蝶點頭。

陳浩不禁納悶，這就怪了，既然常常生病，怎麼會那麼怕去醫院？不對，本身習慣生病這回事就已經夠奇怪了吧？

「我覺得還是去看醫生吧，只吃成藥的話，只治標不治本啊？」陳浩婉轉地勸她去醫院，「如果不敢一個人去的話，不如我陪妳吧？反正我現在也滿閒的……」

其實是他肚子仍在時不時地痛一下，看樣子服下的止瀉藥實在難敵過期一年多的化學冰棒，他想還是順道去掛個腸胃科會比較安心。

顏芝蝶抿著下唇，指尖捏著薄被單，囁嚅道：「我……不是怕去醫院，是好不容易才從醫院溜出來的。」

「溜出來的？喔，那就難怪了，當然不敢回去啊，哈哈——」陳浩恍然大悟地點頭，但過了一秒，突然覺得不太對勁，「溜出來？從醫院？！」

乍看之下，除了臉色蒼白、身形纖瘦之外，陳浩實在看不出來對方到底哪裡有問題。等等，該不會眼前這如花似玉的美人兒其實有精神上的疾病，像精神分裂症、幻想症之類的吧？

「嗯……」顏芝蝶沉默了一會兒，終於鼓起勇氣，「因為已經好久沒有出來透透氣了……忍不住就……」她掀開右邊袖子，纖白的手臂上有一些類似烏青般的痕跡。

也許是鮮少曬太陽的關係，她的皮膚非常白嫩，也因此那些注射所殘留的痕跡非常醒目，就像是嬌嫩花瓣上的破損與汙痕，令人心生不忍。

陳浩心情沉了一下，趕緊移開視線，「生病……什麼時候才能出院呢？」

聞言，顏芝蝶沉默了下來。

她抿著下唇，垂下眼簾，「我也不知道。」

陳浩愣了一下。

「因為……從我有記憶以來，就常常住在醫院。比起我的家，更常住醫院……」顏芝蝶發覺氣氛變得很沉重，趕緊提振精神笑著，「就是因為在醫院太久了，很悶，所以才會想偷溜出來散散心。如果被抓回去，護士長生氣起來很可怕的……」說著，她模仿護士長推著眼鏡生氣的樣子，雖然學得不太好，但因為這和她的形象實在是差太多了，這樣的反差使陳浩不禁笑了。

「咕嚕嚕——」

顏芝蝶害羞地壓著肚子。

其實她從醫院跑出來後，除了藥之外，就沒有吃東西了，距離早餐到現在都已經好幾個小時，自然餓了。

「嗯……我想我也差不多該回去了。」顏芝蝶雙頰通紅。

「先等等。」好不容易才又遇到她，陳浩怎麼樣也希望能和她多相處一下，「我前陣子剛好買了一些食材，還做了一鍋咖哩，不小心弄太多了，如果妳能幫我吃一些的話就太好了。」

顏芝蝶眨眨眼，「咦？你自己做的嗎？好厲害呢！」

「還好啦……」

「那我就不客氣囉！」

陳浩站起身，打開廚房的門，回頭說：「那先等一下喔，熱一下就能吃了。」

「嗯！」顏芝蝶微笑。

終於看見她許久不見的笑容，陳浩的心情大好，心想要好好地展現一下廚藝，好讓顏芝蝶對自己留下好印象。誰知道，當他回頭面向廚房之時，卻赫然發現——冰箱外頭連同椅子已經結了一層薄冰，冰甚至還慢慢地在地板上蔓延！

發現陳浩愣在門邊，顏芝蝶不禁問：「怎麼了？」

怕被發現家裡有隻神秘生物，陳浩努力撐起笑容，「啊，沒事，哈哈……妳在外面等等喔，無聊可以自己開電視看。」說完，他立刻關上廚房的門。

「天啊，居然弄成這樣……」

他懊惱地看著冰箱，試著去拉開冰箱門，但門果然拉不動。他在流理臺前左右張望，找到一把看起來合適的水果刀，用它開始試著鑿開冰箱門縫，折騰了十幾分鐘，才終於打開了冰箱。

結果冰箱一開不得了，抱著雙腿、坐在冰箱蛋盒上的多莉絲正以極度不爽的眼神盯著他，背後還散發著簡直快要變成肉眼可見的黑色怨念。

她兩邊雙馬尾無風而盪，鼓著腮幫子，「你竟敢將高貴的我囚禁起來……還有，外面那個奇怪的女人到底是誰？都有我了，你怎麼還可以這樣——」

「唉，就說只是普通朋友。」陳浩將水果刀隨手放回流理臺，開始在冰箱裡面翻找食材，卻赫然發現胡蘿蔔、高麗菜、馬鈴薯等常用的蔬菜外頭結了至少兩公分厚的冰，而裝咖哩的鍋子可是像被封印在冰磚裡頭一樣。

更慘的是，所有食材已經和冰箱冰凍為一體，光是想要取出食材就不知道得鑿多久，更何況還要等退冰才能做菜，至少一個小時跑不掉！

「算了，至少還有泡麵……」

但就在陳浩轉身打開流理臺上方的櫃子時，多莉絲以迅雷不及掩耳的速度將櫃子裡面的所有物體都凍住了，當然也包括泡麵。

「好像還有水果……」

陳浩這話才剛出口，多莉絲又早一步將擱置在流理臺上的新鮮水果凍結了。看著這厚厚實實的冰磚，還有多莉絲任性甩頭的模樣，陳浩想不生氣都不行了。

「她是病人，營養不良會病得更重啊，別鬧了！」

「病人又怎樣！幹嘛對她這麼好！」

「遇到有困難的人本來就該幫助啊！我哪裡錯了？」

察覺陳浩的口氣越來越不耐煩，多莉絲更生氣了，「什麼嘛，那個來路不明的女人就比我還重要嗎！為什麼她來就要把我關起來、還要親手做東西給她吃啊！以前明明只有我才能吃到你的料理……實在太過分了……我可是尊貴的女神候補耶……」

說著說著，多莉絲的眼眶紅了起來，泛起霧光。雖然她還是一副得理不饒人的模樣，但這樣的表情，無論誰看了都會心軟。

看到這，陳浩的氣焰怎樣都旺不起來了。

他冷靜下來想想，似乎真的是顏芝蝶來了之後，自己就把多莉絲丟到一邊去了，滿腦子就想著如何讓顏芝蝶開心，而忽略了多莉絲的心情，還對她做了那麼過分的事情……冰箱裡又黑又冷的，被關進去，誰也不會開心的吧？

想了想，他愧疚地說：「對不起……」

聽見突來的道歉，多莉絲埋怨似的用眼角看了一眼陳浩。

「抱歉，我不該忽略妳的感受。」他拍拍她的頭，語氣溫和但有點無奈，「可是妳也要知道，我們並不是電視節目裡所說的那種『交往』的關係，所以我也不喜歡妳這樣指責我，以後可以不要這樣了嗎？」

多莉絲眼角殘著淡淡的淚，歪頭，「……『交往』？」

「所謂的『交往』，指的兩個人互相確認喜歡的心意之後，認定對方是感情唯一歸屬……但我們並沒有呀。簡單來說，我和妳應該是室友，或朋友──」

「是主僕。」多莉絲斬釘截鐵地說。

陳浩頓了半秒，抿了一下嘴又繼續說：「都可以啦。總而言之，我想，應該是妳在人類世界認識的人只有我，所以當我的注意力不在妳身上，妳會感到不安吧？」

「就像什麼東西被搶走了一樣……」多莉絲摸著自己的胸口，確實感覺到一點點的刺痛。她突然恍然大悟地指著陳浩的鼻子，「我知道了！你是我的僕人啊、原來是僕人被搶走的不甘心啊！」

——原來我的地位還是僕人啊。

陳浩抿唇，有點受打擊。

「原來如此原來如此……就像玩具、好吃的東西被別人拿走的時候，會有那種刺刺的感覺，很像嘛！」多莉絲點頭如搗蒜，喃喃自語，「說得也是，人家的白馬王子當然是又高又帥的人嘛，才不是陳浩這樣又平凡又沒工作的人呢！」

陳浩突然又覺得背上插了好幾枝冷箭，瞬間身受重傷。

當氣焰消下之後，多莉絲將冰箱內的冰退去。各類食材上結的冰馬上就退散了，又恢復原本的樣子，就連融化的水都沒殘留。

陳浩愣地望著她，「多莉絲？」

多莉絲甩過頭去，「哼……既然這樣，稍微招待一下僕人的朋友也是理所當然的嘛！冰箱裡的東西就隨便你用吧！」

「謝謝妳！」

陳浩開心地道謝，並從冰箱裡拿出需要的食材，趕緊下廚，要為顏芝蝶煮一頓豐盛又營養的晚餐。而多莉絲望著他哼著歌、開心做菜的模樣，不知怎麼的，剛剛原本豁達的心情稍稍灰暗了起來。

「只是……僕人嘛，沒什麼好在意的……」多莉絲坐在冰箱邊緣，踢著腿，喃喃自語。

而陳浩正在專注地為顏芝蝶製作營養均衡的蔬菜排骨濃湯。他將排骨丟進鍋裡熬湯之後，趁著水滾，又丟入了許多切丁的蔬菜，再打一顆蛋，加入牛奶烹煮，廚房內充滿了香味。

「完成了！」

陳浩戴起隔熱手套，推開門，將熱騰騰的一鍋濃湯端出廚房。

原本期待會看見顏芝蝶開心的表情，誰知道門一推開，卻發現顏芝蝶趴在客廳的沙發上睡著了。她的燒已經退了，睡容安詳，正在做著品嘗陳浩親手製作的大餐的美夢呢。

雖然有點小失望，但看她睡得那麼熟，陳浩也不打算吵醒她。他拿來涼被披在顏芝蝶的肩上，關上燈，輕聲道了句晚安。

第六章

原來這就是喜歡

隔天一早，陳浩陪顏芝蝶回醫院去。

經過一夜安穩的睡眠，再加上陳浩豐盛的早餐，顏芝蝶看起來氣色好多了。兩人在清晨的街道上漫步，往小鎮的醫院方向走去，她一路上陪著陳浩談天說地，兩人笑得好開心。

「哈哈哈、真的那麼有趣喔……噢！」

陳浩開懷地笑著，卻突然感到背部一陣痛而哀號一聲。

他皺著眉頭，將後背包轉過來一看，這才看見躲在第一夾層的多莉絲雙手環胸，鼓著腮幫子，氣呼呼地瞪著他。

「把如此尊貴的我丟到一邊，笑這麼開心是怎樣！」

「這有什麼辦法，就不能讓她看到妳啊……剛剛出來的時候妳不也同意在背包裡不鬧嗎？」陳浩抹臉。

其實陳浩原本是打算單獨送顏芝蝶去醫院，想趁著這短短的時間多了解她一些，誰知道多莉絲說什麼都要跟來，就連拿高級冰品想勸退她都沒辦法。最後只好各退一步達成協議——雖然讓她跟，但不能吵鬧。

不過很顯然的，多莉絲根本沒打算遵守的意思。

「怎麼了嗎？」顏芝蝶看他抱著後背包，皺著眉頭的樣子不禁問道。

「啊，沒什麼啦……只是發現好像多帶了一些東西，有點重……噢！」他話還沒說完，就被發怒的多莉絲用拉鍊夾住了手指。他痛得甩著紅通通的手指，埋怨地瞪了後背包一眼才揹回去。

「呵呵，你真是個有趣的人呢。」顏芝蝶掩嘴笑了，指向前方，「我們到了。」

陳浩抬頭，只見圓形的花園廣場後面，有一些白色的建築物佇立在那裡，門口大大地寫著「天使鎮立醫院」這幾個字，而其周遭的建築物是不同診科的部門，或是病房大樓，整體的規模其實還不小。有不少推著輪椅的人們在廣場附近休憩，其中也包括幾位穿著工作人員服裝的人穿梭其中。

當有人撒下麵包屑或飼料，斑鳩宛如彩色的紙片般飛來，輕飄飄地落在地面上啄食，為這平靜的氛圍增添了些生氣。

顏芝蝶並沒走正門，而是往廣場右邊一棟最高層樓的白色大樓前進。陳浩尾隨在後，只見顏芝蝶非常熟悉這附近的環境，左彎右拐的，竟然能輕易地避開醫護人員的眼線，順利地直達白色大樓的門口……看樣子果然是慣犯。

那棟白色大樓的感應門突然打開，一名坐在輪椅的小女孩與她的母親走了出來。當她們看見顏芝蝶，不禁愣了一下。

「啊……阿姨，妮妮。」顏芝蝶尷尬地笑了笑，「我回來了。」

而在一旁的陳浩稍微點頭代替打招呼。

看到顏芝蝶，綁著蝴蝶結頭飾的小女孩高舉雙手，「姐姐又去冒險了嗎？這次做了什麼？妮妮想聽！」

「妮妮。」她的母親示意她不要喧譁，拉著顏芝蝶到醫院門前的梁柱邊，「妳也真是的，怎麼又沒說一聲就跑出去呢？昨天晚上還沒回來……大家都著急死了。」

顏芝蝶低頭，笑容有點尷尬，「對不起……昨天在朋友家住了一個晚上，不小心睡著了。」

此話一出，妮妮的母親突然笑得有點曖昧。

當意識到不對之時，陳浩已經錯過解釋的最佳時機，「不是的，我們——」

「不用著急，都這個年紀了，談個戀愛也沒什麼好害羞的啦！阿姨我也是這樣過來的啊。想當年，那時候孩子的爸可是個帥氣的空軍吶……」說著說著，她陶醉似的閉著眼睛，笑得好開心，過了好一會兒才回過神，看向陳浩，「所以你就是芝蝶的男朋友啊，該不會是上次跳進湖裡幫她撿帽子的那位？哎呀，真甜蜜呢！」

陳浩愣了一下，視線來回在阿姨和顏芝蝶之間，「我們……」

但奇怪的是，顏芝蝶居然沒有否認，反而臉頰通紅地別開視線。

那羞澀的表情使陳浩又再次心動。

「哎呀，害羞啦，呵呵。」阿姨看這兩人的反應，覺得甜甜的，笑得宛如情竇初開的少女，「不過啊，護士長可是非常生氣喔……還是去好好地道個歉、解釋一下比較好吧！反正有男朋友陪妳嘛！」

因為顏芝蝶沒有多說什麼，陳浩也不知該如何應對，只能跟著傻笑，「我會陪芝蝶去好好解釋的……抱歉給你們添麻煩了。」

顏芝蝶看他一眼，露出感激的微笑。

「呵，不錯嘛，還真是個善解人意的男朋友啊！」阿姨讚許地拍拍陳浩的肩膀，笑得更加開心了，「芝蝶身體不好，你可要多照顧她，別讓她太辛苦了，也別讓她太孤單，知道嗎？」

見顏芝蝶低頭又紅著臉，陳浩不好意思地搔搔頭。

陳浩雖然不知道是怎麼回事，但如果能弄假成真，從此變成顏芝蝶的男朋友……好像也相當不錯啊！當他正愉快地這麼想的時候，卻覺得肩膀好像有點沉重……還有點……冷冰冰的？

「哥哥，你的背包結冰了耶！」妮妮指著他的背包大喊。

「欸？」

三人愣了一下。

陳浩回頭，果真瞥見背包上頭結了一層冰霜，在陽光下閃閃發光。他嚇得趕緊取下僵硬的背包，抱在懷裡拍一拍，上頭的碎冰落了一地，他這才看見蹲在包包夾層的多莉絲氣鼓鼓地瞪著自己。

「男朋友又是什麼意思？主人我可不允許僕人這麼隨便就和認識沒多久的女人混在一起！」多莉絲指著陳浩的鼻子大叫，「再怎麼說、也不准比人家還早交到！」

這聲音實在太大，嚇得陳浩立刻將拉鍊拉上，並且為了避免多莉絲在裡頭大吵大鬧而洩露蹤跡，只好緊緊地將背包抱在懷裡。

「唔……你的背包裡剛剛好像有人說話的聲音？」顏芝蝶一臉疑惑地望著背包。而她身旁的阿姨也是皺著眉頭，「好像有小女孩的聲音呢……」

「妳說誰是小女孩，我可是——」

陳浩更加抱緊了背包好阻止多莉絲繼續鬧，滿頭大汗地尷尬笑著，「哈、哈哈！不是啦，是我的手機鈴聲……好像被人惡作劇換了……」

「咦，你的臉色不太好呢，沒事嗎？」

怕顏芝蝶再靠近會露餡，陳浩往後挪動腳步，還差點撞到打算進門的病患。眼看這樣不行，他只好先行撤退再說，「那、那個，我的肚子突然有點不舒服，我先回家休息好了！」

「可是這邊就是醫院啊……」妮妮歪著頭，然後恍然大悟地哈哈大笑，「我知道了！大哥哥一定是怕看醫生對吧！」

「不不，這是老毛病，吃點藥就沒事了！」陳浩瞇眼看了一下妮妮，對三人揮揮手，「不好意思，我先回去了。芝蝶，要好好保重身體喔！」

顏芝蝶出聲：「等等！」

陳浩回頭，只見顏芝蝶的臉頰宛如一顆熟透的蘋果。

「那、那個……我的病房是F棟的306號房，和妮妮是同一間。」顏芝蝶捏著指尖，那羞澀的模樣令人無法移開視線，彷彿世界上各種花兒都自願成為她背景綻放的裝飾，「如果可以的話，偶爾可以來陪我聊聊天嗎？」

她那懇求的眼神宛如丘比特的飛箭，命中陳浩的心。

「沒問題！」

陳浩點頭如搗蒜，但懷裡的背包又突然變得更重而害他差點鬆手。他低頭一看，赫然發現懷裡的背包已經快要結凍成一顆大冰球！再這樣下去，恐怕冰凍事件又要上演啦！

「我先走了、我會常來的，掰掰——！」

陳浩抱著背包飛也似的轉身就跑，留下滿臉錯愕的三人。

「天氣熱也用不著把製冰機帶在身上吧……最近的年輕人真是越來越難懂了。」

阿姨搖搖頭，卻又突然覺得納悶，「咦，現在製冰機有這麼小的？感覺挺方便的。」

顏芝蝶沒有聽她在碎碎唸，而是望著陳浩消失的身影。她的臉上，掛著甜甜的微笑。

◆※◆※◎※◆※◆

在那之後，陳浩只要有空就會往醫院跑。

平常他除了找工作的事情要忙，又要面試，現在又三不五時就往醫院跑。當然，去找顏芝蝶，他也絕對不可能空手，常常做一些小點心和料理之類的去探望……也因此，他出現在家裡的時間就越來越少了。

多莉絲一開始還很開心，總算沒人管她怎麼開空調或看電視看到幾點，但是見他每天回來都笑咪咪的，一直在忙自己的事情，又不怎麼和她說話……她開始覺得有點悶了。

今天，陳浩打扮整齊，並且將一大早在廚房裡忙碌的成品小心地放進精緻的小餐盒裡面。餐盒裡面有煮得晶瑩透白的白米飯，還有紅色的小番茄與花椰菜作為點綴，再加上主食的咖哩……大塊的胡蘿蔔和馬鈴薯再加上鮮嫩雞腿肉，光是香味色澤就已經令人食指大動。

多莉絲無趣地趴在餐桌的面紙盒上，撐著自己的臉頰，看他在忙東忙西，流理臺那還有一大堆的鍋碗瓢盆等著清洗。

「……今天又要去喔？」

「對啊！」陳浩連頭都沒有抬一下，臉上掛著幸福無比的笑容，「妳看，今天這咖哩醬我可是加了很多碎蘋果還有牛奶進去，不僅營養又增加香氣和口感……這樣擺盤應該還不賴吧？」

多莉絲撇開視線。

「……普普通通啦。」

「妳覺得她會喜歡嗎？是不是應該再加一點芝麻增加色彩啊？」

「……那種東西有差嗎……」

「當然有差啊！美食就是要味覺與視覺兼具才行！」

看他說得這麼認真，多莉絲不禁暗想：如果你在找工作的時候多用點現在這樣的幹勁，搞不好早就已經找到了咧！老是在晚上睡覺前還在編列菜單……真是懷疑你根本重心放錯地方了……居然連吃冰都會忘記到底吃了幾根！

雖然說他還是一樣會照顧自己的生活起居，但每次看到他這麼開心地為顏芝蝶做東做西，多莉絲不知怎的總覺得心頭有點刺刺的。

她不斷想，這應該是東西被搶走的那種不快，但又納悶，明明只不過是個僕人罷了，為何她還要這麼在意……況且，他們又不是什麼「男女朋友」之類的，要他別去找顏芝蝶，好像只會顯現自己度量狹小……

而且那女生看起來身體挺虛弱的，她也覺得不該丟下她不管。

但，她就是很在意……

「整理好了！」

陳浩的歡呼聲打斷了多莉絲的思緒。只見他不知何時已經穿上外出的秋季外套，將裝好面試資料袋和書冊及筆記本的背包揹好，帶上用可愛袋子裝著的精心製作的便當和甜點，站在門口對她揮手。

「那就麻煩妳看家囉，回來再帶好吃的冰給妳！」

他說完，就關上了門，她可以聽見他噠噠下樓的腳步聲逐漸遠去。

整個室內空間突然安靜下來，充斥著寂寞。

保持著原姿勢趴在面紙盒上的多莉絲慢慢地坐起身來，環視一圈少了一個人而顯得過分寬敞的房子，讓她有點不知所措。

多莉絲左思右想，在餐桌巾上滾來滾去，就連狼吞虎嚥地吃了一大桶的冰淇淋，都還是驅逐不了盤踞在心頭的鬱悶感。最後她飛到客廳的桌上，盯著懸掛在牆壁上的電視機發愣。

「……還是看電視吧。」

之前只要一有機會，多莉絲就算電視從早看到晚都不覺得膩，但現在轉來轉去都覺得沒什麼意思。眼瞳中映著螢幕的光，她腦海卻回想著過去。

之前好像常常因為電視看太晚而被唸個不停……還曾經有一次，兩人賭氣地一個人在電視機前開機，而陳浩則是又用遙控器關掉電視。因為一直不斷開關電視機長達一小時，最後是電視機壞掉……害多莉絲整整發呆了一個禮拜，只能用冰去嚇陽臺的麻雀消遣。

想到之前那吵吵鬧鬧的日子，多莉絲嘴角不禁泛起微笑。

說來也奇怪啊，以前明明覺得他很煩的，現在見不到他又覺得哪裡怪怪的……

多莉絲漫無目的地切換頻道，一個個頻道閃過眼前，在她腦海裡上映的卻都是那些片段的回憶。

「不管做什麼，腦子裡就是想著他……」

當切換到某一個頻道，女來賓的這句話使多莉絲停下預備按下個頻道的念頭。

她不自覺地聚精會神盯著電視。原來這個頻道正在播放現場直播的訪談節目，標題大大地寫著「我是不是戀愛了？」。在黑白相間的菱形地面，配著大紅色簾布的背景中，主持人一男一女坐在紅沙發上，而左右兩邊的來賓以男女分別入座。

剛才那句話是一位穿著白色洋裝、露出一雙美腿的女星說的。她紅著臉頰，單手拿著麥克風，靜靜地回憶著青澀的回憶，「那時候我才國中三年級，我雖然和他不同班級，但他每次經過我窗邊的時候，我都很開心又很緊張。每天就是最期待他經過我的窗前，想像和他四目相對的時候該怎麼辦才好……」

「最後有和他說到話嗎？」女主持人問。

女星搖搖頭，「後來，他和他們班上的班花在一起了。」

「真可惜，未免也太沒眼光了。」

「就是啊！妳可是國民女神欸！」

男性來賓在那邊打抱不平，那誇張的表情和神態，惹來觀眾們一陣笑。

「其實我已不記得他的模樣了。」女星垂下眼簾，嘴角泛著懷念的笑容，「我只記得，我很期待和他有所交集的日子，就算只是一個小動作，都會讓我開心、反覆想很久……見不到面的時候，做什麼事都力不從心的感覺，腦海裡都是他的身影……」

多莉絲很專注地聆聽，雙眼張得大大的。

「當我看到他和他的女朋友在一起的時候，其實真的心都碎了……」女星眼中浮現出淡淡的哀傷，「每次看他們牽著手，臉上充滿笑容的時候，胸口都刺刺的……但我也不能怎麼樣，畢竟我跟他根本不是那種關係……頂多只能算是同校同學罷了。」

聽到這，多莉絲腦海浮現出陳浩和顏芝蝶兩人有說有笑的畫面，胸口頓時彷彿被無數根針刺痛著……她對於這名女星的心情竟然感同身受。

「想要占有他的視線，多希望他只看著我……在我身邊。」

多莉絲專注地聽著女星的話，內心的漣漪激盪著。

「每當他靠近的時候，時間好像慢了下來……多希望時間就此駐足。」

想起了和陳浩在一起的點點滴滴，多莉絲不自覺地坐直身子。總覺得這個女星說的話，不偏不倚地說中她內心那說不出口的感覺，那種強烈的共鳴感，就好像連心跳的頻率都一樣了。

而且，有股莫名的刺痛感沉重地撞擊著她的每次心跳。

存在於她記憶裡關於陳浩的畫面像是噴泉般不斷湧現，填滿了她的思緒。她感覺到那份別人帶給自己的甜蜜與酸澀的心情，是如此地深刻、鮮明，無法輕易被抹煞。

她突然明白了——

原來，她對陳浩的感情不是單純的主僕這麼簡單啊！

「我喜歡他……我好後悔沒讓他知道。」女星說著說著，眼眶慢慢地泛紅了。她一手抓著雪紗的白裙，聲音微微發顫，「如果可以再重來一次，我想勇敢地讓他知道我的心意……先不管是否勇敢了就能在一起，但是，若因為什麼都不做而後悔……才是最痛的。」

——我也喜歡陳浩……但是、我不想要後悔！

「沒錯，我可是女神候補，如此高貴的身分，怎麼可能輸給一個普通的人類！」多莉絲握緊拳頭，站起身來，內心有如澎湃地拍打著礁岸的大海，「我一定……會讓你喜歡我……我們要永遠在一起！嗯！」

士氣高昂的多莉絲飛向廚房，捲起袖子，準備要給陳浩一個驚喜。

◆※◆※◎※◆※◆

此時，正提著便當前往醫院的陳浩突然打個大噴嚏。

他揉揉鼻子，吸入一口冰涼的空氣，抬頭看看這秋高氣爽的好天氣，街道上的人們穿著長袖衣物，在商店街附近閒晃，不過人潮顯然比平常還要少些。就算他拉緊衣領，迎面而來的風還是鑽進他的領子，令他感到一陣寒，但看著因氣候變化而葉子換色的斑斕路樹，心情卻只有更好。

「今天是做顏芝蝶最喜歡的咖哩呢……圖案也是可愛的動物模樣，不知道她打開的時候會不會覺得很驚喜？」陳浩幻想著顏芝蝶對自己綻放出大大的笑容，自己笑得很陶醉。

帶著雀躍的心情，陳浩來到天使鎮立醫院F棟，搭電梯到三樓，直往顏芝蝶的病房前去。

他輕敲病房門，聽見裡頭的人的回聲後開門，笑燦燦地打招呼：「早安！」

兩人病房是工整的長形，以窗戶為中心分為兩邊，左邊是妮妮的床位，而右邊則是顏芝蝶的。雖然都有個人的衣櫥和櫃子，但因為兩人感情很不錯，兩人的東西有時候會放在一起……放眼望過去，這間房除了與一般病房一樣雪白之外，最大的特徵就是房間裡到處都是玩偶，全都是妮妮帶來的。

聽說每次妮妮吵鬧要回去的時候，她的母親就會帶玩偶給她。因為長年住院的結果，不知不覺娃娃就占據了大量的空間。

而今天不一樣的是，妮妮的床邊多了一個大行李箱。從半開的行李箱開口中，可以看見有幾套衣服還有布偶已經放在裡面了。

「陳浩哥哥早安——」坐在床上的妮妮高舉雙手，向陳浩揮手，她今天看起來格外有精神。

顏芝蝶放下正在閱讀的書，對他微笑，「早喔。」

陽光自窗簾縫中撒下光絲，落在顏芝蝶那一頭夢幻般的金色長髮上，讓她整個人泛著令人目眩神迷的光暈。看著她那甜美溫柔的笑容，有這麼一剎那，陳浩突然覺得坐在那裡的是一位落於凡間的天使。

幾秒過後終於發現自己看呆了，陳浩趕緊回神，將手中的便當遞給兩人，「今天是咖哩便當喔，甜點是香草布丁。」

「哇、布丁布丁！」妮妮看樣子不打算吃正餐。

陳浩拿走妮妮的布丁，「不行，得先吃飽才能吃點心，阿姨有交代。」

「可是人家就是想吃布丁嘛！」妮妮嘟著嘴，做了個鬼臉，「反正媽咪忙著上班不能來看妮妮，先吃布丁她又不會知道！」

一看就知道是寂寞孩子在耍任性，陳浩無奈地拍拍她的頭，「阿姨她雖然很忙，可是每天下班都會來看妮妮啊。如果妮妮沒有好好吃正餐就吃點心，這樣對身體不好，而且病好不了，不就不能跟阿姨回家？」

妮妮鼓著腮幫子，得意地說：「醫生說，這週妮妮可以回家喔！行李都已經準備好了呢，我們要去鄉下的奶奶家玩！」

「真的？」陳浩雖然意外，但也為她感到開心。

「對啊，雖然是這週日的事情，可是她昨天就要我陪她整理行李呢。」顏芝蝶已打開便當盒，拿起筷子淺嚐一口，「咖哩真的很好吃喔，你的手藝真好，謝謝你。」

看她吃得這麼開心，陳浩覺得早上五點就爬起來做菜果然值得。

——如果說我的料理可以治好妳的病，那就算是要我通宵做菜，我也在所不辭。

——妮妮能回家啊……話說回來，好像還沒看過顏芝蝶的家人啊。如果哪天不小心遇到的話，要怎麼自我介紹才好？如果對方問到工作的話大概會很扣分吧……

陳浩不禁開始想像顏芝蝶的家人是什麼模樣，不過既然是家人，他相信應該也像顏芝蝶一樣每個都是帥哥不然就是美女吧？畢竟家族基因可是很強大的！

「那，陳浩哥哥要和芝蝶姐姐一起來嗎？一起來嘛！」妮妮用雙手撐著身體，爬到床的另外一邊，在靠窗的位置坐下，無法自在活動的雙腿瘦巴巴地垂在床邊。

她三年前經歷一場車禍，雖然性命是救了回來，但從此下半身再也無法活動了。她一開始消沉了許久，但後來，反而是個性天真樂觀的她成了身邊人的心靈寄託，看到她就好像看見了希望。

「這個嘛……哥哥現在還在忙著找工作呢。」陳浩偷偷地看向顏芝蝶，卻發現她愉快的笑臉稍稍沉了幾秒鐘，夾著花椰菜的筷子停在嘴邊卻沒有動。

認識到現在，其實，他還不知道顏芝蝶的病情到底如何。

他實在沒有勇氣過問，而顏芝蝶也似乎沒有打算主動說的意思。

他隱約覺得，這個問題就像隱藏在地底深處的定時炸藥，雖然看不見，會自然而然地認為只要不碰到就不會有事……但事實上，它遲早都會爆炸……相信大家對於顏芝蝶的病都心知肚明，卻還是努力維持著她很好的假象。

就像祈禱炸彈有天會自己消失一樣……寧可愚笨地相信著，也不敢直接去冒險拆除這顆炸彈。

「我也沒辦法呢。」顏芝蝶出乎意料之外地笑了，好像一開始的落寞本來就不存在，「上次溜出去還徹夜沒回來，被醫生和護士長唸了好久……看樣子短時間應該是不太可能讓我放假了呢。」

「這樣啊……」妮妮失望地垂下頭。

顏芝蝶依舊溫柔地望著她，「能回家很好呀，還可以和好久不見的奶奶一起呢，妳不是最喜歡她的床邊故事嗎？」

「嗯！最喜歡了！」妮妮點頭，天真無邪地笑了。但過了幾秒，她的笑容慢慢地緩下來，嘟著嘴，「可是這樣就不能和芝蝶姐姐聊天了……」

「等妳回來，再聽妳慢慢說也不遲呀。」

「嗯……好啊！」妮妮牽起顏芝蝶的手，雙眼閃亮亮地問：「那，可以把陳浩哥哥做的甜點留下來給妮妮吃嗎？一個禮拜的分有七個耶！人家想要一次全部吃完！」

——所以我被定義成甜點製造機嗎？

陳浩不禁抹臉，隨即笑道：「甜點放到妳回來早就壞掉了吧？」

「是喔……那不然郵寄過來吧？」

「……送到的時候可能早就過期了。」

「蛤……這樣喔……」妮妮失落地垂下肩膀。

一旁的顏芝蝶看著兩人一來一往地認真討論甜點的事情，不禁笑了。但此時，她的胸口突然竄來一陣難以言喻的疼痛，彷彿心臟被掐住似的，痛得她驚出一身汗。她手一鬆，手上的咖哩便當盒匡的一聲落地，飯菜撒了滿地。

兩人愣地看向她，卻驚見她痛苦地趴在床上，左手緊緊壓著胸口，大口大口喘著氣，冷汗濡溼了長髮與衣物，漂亮的五官糾結成一團。

「芝蝶！」陳浩驚呼，立刻衝過去攙扶她，「妳怎麼了、振作點啊！」他趕緊按了好幾次床頭邊的緊急呼叫按鈕。

而妮妮看她這麼痛苦的樣子，嚇得臉色發白，嘴唇瑟瑟顫抖，一時間完全不知道做何反應，眼眶急得都紅了。

「噠噠——」

急促的腳步聲自走廊方向傳來，門砰的一聲被推開的同時，門口湧進了好幾位穿著白袍的醫生及護士，本該平靜的病房內瞬間嘈雜起來。護士推著載有醫療器材的推車到顏芝蝶身邊，並且刷的一聲拉上簾子。

陳浩還來不及問，便被其中一名護士推出病房。

「不好意思，麻煩請在外面等候。」

「可是……」他話還沒說完，就吃了閉門羹。

隔著一扇門，陳浩仍能聽見儀器尖銳且嘈雜的聲音，還有人們忙亂成一團的對談聲。他嚇傻了，從來沒料到事情來得這麼突然，也第一次感受到人們遇到生死之事時竟然如此無助，就算他有多強烈的衝動想要守護她，卻還是只能束手無策地等待。

他發覺自己手腳發麻，冰冷的手心還在顫抖。

病房門又再次打開，原來是醫護人員推著坐輪椅的妮妮出來，「麻煩照顧一下妮妮。」她只不過丟下這句話，就神色匆忙地關上門。

妮妮哭喪著臉，抓著陳浩的褲管，嗚咽著，「芝蝶姐姐會沒事吧……嗚嗚……人家好怕……」

被問到這句話，陳浩的心顫了一下。

雖然他心裡根本沒有底，但從目前的狀況來看，他只能暫且以安撫妮妮為重。他努力扯出笑容，隱瞞藏在過分溫柔的聲音底下的心虛，「當然會沒事啊，芝蝶姐姐不是還答應妳要等妳回來嗎？她一定會沒事的……」

但說出最後一句話的時候，他眼眶熱了起來，咬牙才忍住淚。

「可是、可是……妮妮有聽到，醫生說芝蝶姐姐的病情在惡化，隨時都有可能變得更嚴重……」妮妮用衣袖抹去眼淚，但新的眼淚很快就補上，「妮妮不想失去她、不想……嗚嗚……救救芝蝶姐姐……」

妮妮哀求的聲音聽進陳浩的耳裡，彷彿刀刃般劃傷他的心，他一直強忍的眼淚不小心滾落了下來，他連忙擦去，就怕被看到。

他也想救顏芝蝶啊！可是……可是他又能怎麼辦？

「芝蝶姐姐說過，她的病好不了……但就算如此，她還是很堅強，還不斷鼓勵我、一直陪伴著我……」妮妮的聲音因哽咽而難以辨識，「她常、常常說，好想出去走走……雖然擔心她的身體，大人也不同意，但妮妮還是會幫她支開其他人，讓她離開醫院……」

陳浩愣住了，「等一下，妳說……芝蝶的病好不了？」

哭得滿臉淚水的妮妮點了點頭，但下一秒，才發覺不對地摀住嘴巴，滿是淚水的雙眼張得好大。

雖然這表情其實已說明了一切，但陳浩仍然抱著最後的一絲絲希望問道：「……那是真的嗎？回答我。」

任由眼淚恣意地在臉上亂爬，妮妮嘴角下彎，視線落在一旁，腦袋混亂成一團的她捏著指尖咕噥，「可、可是芝蝶姐姐說過，不能讓哥哥知道的……」但當她察覺再次將不能說的話脫口而出時，後悔也來不及了。

聽到這，倍受打擊的陳浩整個人像是石膏像般僵住。

雖然她長期住院，但看她總是笑臉迎人的模樣，他總會不自覺地相信她總有一天會熬過去，就會康復的。萬萬沒想到，她那副單薄的身體其實早已快要負荷不了了，她只不過是擔心身旁的人會掛心自己，所以強顏歡笑而已。

——顏芝蝶……會離開嗎？

——剛才短短不到十分鐘的相處，該不會是最後一面？

——天啊……

陳浩的思緒陷入了昏暗，彷彿整個人落進了絕望的深淵。他雙腿一軟，跌坐在冷冰冰的地板磁磚上，一旁的妮妮想要拉他起來，但他卻像失了魂魄那樣無動於衷。

「喀啦。」

直到開門的聲音響起，陳浩這才回過神。

他愣地抬頭，看見幾位醫護人員走出病房，看起來是鬆了口氣的模樣，而病房內那嘈雜的機械運轉聲也終於停了下來。

剛才那位推著妮妮出來的護士走了過來，伸手拉起陳浩。她滿頭大汗，不過笑容卻令人安心，「顏芝蝶小姐的狀態暫時穩定下來了……你們可以進去看看她。如果她不太對勁，麻煩請立刻告知我們。」

「顏芝蝶！」

心急如焚的陳浩立刻衝進病房。

護士愣了一下，這才推著輪椅送妮妮回病房。

陳浩來到顏芝蝶的病床前，看著躺在雪白病床上的她枕邊散著金髮，微微消瘦的秀氣臉龐微汗，臉色蒼白如紙。罩住她口鼻的氧氣罩上有頻率地出現白色蒸汽，證明她仍頑強地活著。

「顏芝蝶……」

他拿出手帕，輕輕地擦去她額頭上的汗水。力道輕如羽毛，因為他覺得，眼前這位不該存在於世間的雪白天使是如此地脆弱纖細，只要那麼一個不小心，她就會瞬間化為塵埃消失。

但他的呼喚，陷入昏睡的顏芝蝶並沒有聽到。

後來，陳浩一直待到傍晚才離開醫院，原本是想等到顏芝蝶醒來之後才走的，但因為面試時間已經過了三十分鐘，妮妮一直催促他趕快過去，不要放棄任何可以得到工作的機會，他才勉強離開。

不過，無故遲到，又沒有通知，再加上陳浩一直擔心顏芝蝶的狀況而心不在焉，負責面試的人員對他的印象很糟糕，還有比較直接的人當面罵他的不是，放狠話說就算是公司沒有員工也絕對不會錄用他，甚至拿資料直接砸他。

陳浩辛苦準備一週的備審資料被丟出來，宛如雪花般紛飛。但奇怪的是，被如此刻薄地對待，那些人怒目地大吼大叫，他竟然一點感覺也沒有。

就好像……某種感知麻痺了一樣。

他搖搖晃晃地離開了公司，在星月下踏上歸途。

其實這間公司，他不僅對工作內容很感興趣，而且公司的前景也很棒，對新人的栽培更是不馬虎，算是他心目中前幾名的公司了。

他一開始完全沒想過居然會有機會到達面試這關，所以比起其他公司，更是加倍努力地練習、準備，甚至模擬對方可能提出的問題，也編修了備審資料很多次，多到他都可以倒背如流的狀態。

但……卻這麼簡單地失敗了。

「算了……至少手機沒有收到通知……顏芝蝶現在應該沒問題……」

陳浩第一次覺得收到手機簡訊是多麼可怕的事情，還好他只被幾則廣告通知的鈴聲嚇到，裡面並沒有關於顏芝蝶的消息，這才稍稍鬆了口氣。

「希望她明天就好起來了……」

雖然這次暫且沒事，但下次呢？下下次呢……？

那種重要的事物隨時都有可能離自己遠遠而去，但自己卻無法做出任何抵抗的感覺使他痛苦不堪。

他陷入自己的思緒之中，身體習慣的動作已經帶著他步步踏上公寓的階梯。狹小的樓梯空間，僅有一盞看起來需要更換的日光燈照亮。日光燈時亮時暗的燈光襯著他失落的背影，顯得更加寂寞。

◆※◆※◎※◆※◆

此時，在家裡廚房的多莉絲正信心滿滿地看著桌上的「成品」。

只見餐桌上擺著一個白色陶瓷碗，碗內裝著顏色多樣、堆成小山一般的冰沙山，再加上一些所有多莉絲能在冰箱裡面找到的水果，塞在旁邊作為擺飾。但很顯然她不太理解蔬菜與水果的分別，連高麗菜的葉子、未去皮的胡蘿蔔，甚至整塊烤番薯都放上去了。

這是她先參考電視裡做菜的節目，恰好在做沙拉，所以就有模有樣地做出類似的東西。不過，既然是要表達情感的菜，當然要加入她最擅長的，也是陳浩最喜歡的冰才行啊！

但畢竟平常都是陳浩在做菜，那她到底是用什麼方法將製成冰的水染上色，還是不要太在意了，大概不會有人知道後還能不變臉的。

這東西看起來沒美感，感覺也不太能吃。

不過，並非人類的多莉絲繞了這個作品好幾圈，再次確定作品符合心中的模樣，得意地點頭，雙手扠腰，「哼哼哼，怎麼看都覺得非常的好吃，相信陳浩只要吃了這個，一定會愛上我的！」

「喀。」

聽見大門傳來解鎖的聲音，多莉絲立刻在門即將開啟的時候飛過去。

當陳浩踏進屋內，在玄關處換鞋的時候，多莉絲已經注意到他有點怪怪的，身體像是遊魂那樣搖搖晃晃，而且有好幾朵雷電交加的烏雲緊跟在他身後，看起來心情簡直差到極點了。

——好像有點怪，就算是之前面試失敗也不會這麼嚴重……而且自從他開始跑醫院之後，每天回來都開心得像傻瓜一樣，就連被公司拒絕，他還是可以很快就打起精神來的啊……

——算了，這些不重要啦！

「歡迎回來！」

「哇！」

多莉絲突然在陳浩耳邊喊了一聲，嚇得陳浩一腳踢到鞋櫃邊角，差點跟地板做親密接觸，還好他及時穩住腳步，才免於悲劇。

「幹嘛突然大叫啊……」陳浩咕噥著，連正眼都沒看她一眼就走進客廳，隨手將背包拋在沙發上，並且呈現大字形的狀態癱在上頭。

多莉絲趕緊飛過去，站在陳浩的胸口，雙手放在身後，「那個……今天面試的結果怎麼樣呀？」

「別提了……」陳浩嘆了口氣。

雖然是意料中的事，但多莉絲還是伸長了小手拍拍他的頭，「哎呀，沒關係啦，下次會更好的！加油！」

陳浩看多莉絲笑咪咪的樣子，不禁納悶，「發生啥好事？」

「沒有啊，我平常就這樣啦！」多莉絲稍稍挪開視線，為了化解尷尬而轉移話題問道：「幹嘛，是跟顏芝蝶吵架囉？」

陳浩聽見她的名字，想起今天發生的事情，心情又沉下來。

就當是陳浩默認了，多莉絲其實有點開心，因為這就代表她有機會了，「難道便當被嫌棄了嗎？真是的，虧你一大早起床準備的說……顏芝蝶看起來就是千金大小姐的樣子，當然吃不慣啊——」

「她才沒有！」

陳浩突然大吼一聲，嚇得多莉絲跌坐下來。

顏芝蝶那虛弱、痛苦的模樣，與坐在病床上，沐著陽光微笑的她的身影在陳浩的腦海中交錯在一起。不知何時會失去的痛苦，使他快要被壓力壓垮，腦袋陣陣發痛，眼眶泛紅。

被遷怒的多莉絲感到莫名其妙，火氣也整個湧上來了，「……和她吵架就吵架，你幹嘛對我大吼啊！」

那尖銳的聲音不斷地刺激陳浩敏感的神經。

「說啊！幹嘛把怒氣發在我身上！」

陳浩的情緒終於崩潰。

陳浩突然起身，原本坐在他胸口上的多莉絲嚇得差點滾落沙發，還好及時飛起才倖免。被這樣粗魯的對待，多莉絲怎麼可能嚥得下這口氣？她怒飛到與陳浩視線等高處，不服輸地與他互瞪。

「對、妳就是這樣，只要別人沒順著妳的話去做就會生氣！老是把環境弄得亂七八糟，也不會幫忙整理！每次都惱羞成怒、非要我低頭道歉不可！明明幾乎是妳的錯啊，為什麼低頭的永遠都是我！」

看他情緒崩潰的劈頭大吼，多莉絲整個人愣住了。

以前不管怎麼樣，陳浩都是以和為貴，不曾這樣直白地大聲指責。現在他這樣把火氣毫不保留地猛往自已身上丟，多莉絲真是嚇傻了，卻也氣得整張臉都漲紅了。

「那你呢！明明就長得不怎麼樣、又沒工作，哪可能配得上美女啊！還每天每天去送飯、探望，你真以為她喜歡你喔，她絕對是把你當成工具人啦！」

「顏芝蝶才不會！」

「你又知道不是了？你認識她只不過是幾個禮拜而已！」

陳浩咬牙，竟然無法反駁。

滿腔怒火的多莉絲趁勝追擊，「她才看不上你！別在那邊妄想了啦，搞不好她現在正在嘲笑你咧！『哈哈哈——只不過是對他好一點而已，就自以為是我的男朋友了呢，真純情啊！』」

「她才不是這種人！妳根本不懂她、不准妳傷害她！」

多莉絲不敢相信他竟然如此保護顏芝蝶，竟然願意為了她對自己如此發飆……原本那麼溫柔的他，竟然變成現在這個樣子。

就好像，自己其實才是多餘的那個——是不被愛，可有可無，甚至是他急於想甩開的那方。

「我最大的錯就是收留妳……」陳浩腦子已經亂成一團，累積的痛苦無處宣洩。他握緊拳頭，再也忍無可忍地放聲大叫：「妳走！我不想再看到妳！」

最後一句話，無疑是對多莉絲的一記重擊。

她腦袋空白，耳邊卻好像能聽見自己的心像玻璃碎裂一地的聲音。

眼淚無法控制地湧了上來，胸口強烈的痛楚，好像要把她整個人都撕碎了。多莉絲在眼淚滑落臉頰的瞬間，立刻甩過頭，自窗口飛出的同時尖聲大喊：「──陳浩是笨蛋！」

當多莉絲的聲音消失，室內一片寂靜。

大力宣洩掉那份吞嚥不下的煩躁之後，陳浩整個人像洩了氣的皮球那樣跌坐在沙發上。他扶著發痛的額頭，當情緒稍稍穩定下來之後，這才驚覺自己居然對多莉絲說了如此重話。

他也不知道自己到底是怎麼了，一切都失控了……

「我到底怎麼了……」陳浩抹臉，雖然懊悔但也無可奈何，「反正入冬前她也沒地方可以去……等她回來之後，再好好道歉吧……唉……」

他覺得做什麼也沒幹勁，不如早點睡吧，至少睡著的時候不會再去想那些煩心的事情，就算是逃避也好，他真的是筋疲力竭了。

他倚著沙發起身，瞥見廚房的燈沒關，而且好像有被使用過，看起來亂七八糟的樣子，流理臺那邊還堆了一些碗、杯子之類的東西，就連果汁機也被搬出來了，但是都沒洗……反倒是客廳和房間整整齊齊的，沒被動過。

「真是……現在開始動廚房了是嗎？又弄得這麼亂……」

陳浩嘆口氣，走向廚房，想說至少把流理臺上的東西先整理起來，不然放著一個晚上，誰知道又有多少家庭害蟲進駐，他可不想看到那麼驚悚的畫面。

當他捲起袖子、經過餐桌的時候，卻瞥見一個五顏六色的物體占據了桌子大概五分之一左右的面積。

「？」他不經意地瞥眼一看，差點昏倒。

桌子上那白色物體是家裡面可以找到最大的陶瓷容器。深底的大陶盤上，堆著像小山一樣高的多彩碎冰，還插著各式各樣幾乎未處理的蔬菜水果……光是正中央那根沒削皮、還帶葉的直立紅蘿蔔就讓他徹底無言。

「這到底是什麼詭異的東西啊……某種巫術儀式嗎？」

陳浩突然不知道該拿這個詭異的東西怎麼辦才好，但終於發現這詭異物體的旁邊有張紙條。

他拿起那張紙條一看，心底一陣抽痛，抓起鑰匙奔出屋子。

紙條飄啊飄，躺在冷冰冰的地上。

在月光照映下，可以清楚看見紙條上的字跡：「看在你平常這麼努力的分上，我就勉為其難地隨便做個東西獎勵你吧。反正，我們要永遠在一起喔，不過我才一點都不喜歡你呢！」

第七章
想在你身邊

多莉絲俯瞰著被黑夜擁抱卻燈火明亮的街道，大片樹林靜悄悄的，就連鳥雀都安靜無聲，陪伴她的只有靜默不語的幾顆星星。而遠邊無數夾帶著燈光的忙碌車潮在細長綿延的公路上穿梭，但這樣的距離，她也聽不見車子的聲音。

她在城鎮的空中繞了幾圈，還是不知道該去哪裡。

說也奇怪，她離開陳浩的家，發現這個世界明明那麼大，但是不論她怎麼想，依然無法舉出除了他的家與奇蹟之湖以外的地方。可是，晚上湖畔周遭暗暗的，現在的水溫還是不夠，她又不能回冰宮……卻更不可能回陳浩的家……那個無情無義的大笨蛋已經把她趕出來了。

——啊啊，已經無處可去了啊……沒有屬於我的地方……

一想起剛才陳浩的話，多莉絲原本止住的眼淚又開始蠢蠢欲動。

「什麼嘛……那個大笨蛋……」多莉絲抿著嘴唇，在黑夜的庇護之下，自尊心高的她任由眼淚爬滿臉龐，哽咽地大叫：「就這麼喜歡那個女人嗎……反正……我對你而言只是個麻煩吧……我就是麻煩、所以被討厭也算我活該！」

越想越難過，大吼完的多莉絲覺得有點疲倦。

——反正繞來繞去，還是不知道到底能去哪……不如回去吧……

多莉絲這樣想著，偷偷摸摸地飛回陳浩的家，發現燈光是暗的。

「什麼嘛……這樣竟然還能睡著啊……我真的那麼不重要嗎……」

她原本有點期待陳浩開著燈等她回家，沒想到他好像一點也不在意，居然還熄燈睡著了。多莉絲感到心灰意冷，因為不想碰到他，所以就從廚房的窗口飛進屋子。

她飛向冰箱冷凍庫，打開門，躲了進去。

關門的同時，冰箱內的燈光自動關上。在這個黑暗的小空間內，充斥著令她感到安心又舒適的冰冷空氣，這使心靈受傷的多莉絲多少感到安慰。

也因為精神鬆懈了下來，她突然覺得很睏，眼皮很重……

「乾脆……就這樣永遠沉睡下去算了……」

趴在製冰盒上的多莉絲嘴角泛著淡淡微笑，想在陷入沉睡的時候重複做著幸福的美夢，便開始回想之前和陳浩一起度過的許多日子……有苦有笑，明明在一起曾經是那開心的啊，為什麼會演變成這種局面呢？

——真的是我的錯嗎……

忍著心痛，她哼著從電視上學來的憂傷曲調，為了讓自己能更舒適地入眠，她開始動用力量讓身邊周遭快速結冰，然後躺在冰床上休息，閉上眼睛。

沉浸在美好的回憶之中，多莉絲嘴角帶著自然的微笑，開始覺得越來越想睡……回憶跟現實的交界越來越模糊，也因為如此，那些傷痛漸漸地消失了，她的心情輕飄飄的。

——就這樣一直睡下去多好……

她更加投入地釋放自己的魔力，讓這些冰晶不斷凍結、蔓延。冰晶一路凍結所有魔力流經之處，最後竟然從冷氣口鑽了進去，凍結了重要的零件，冰箱的運轉越來越吃力，最終慢慢地停止運轉。

不知道過了多久，半睡半醒的多莉絲感覺空氣變悶了，溫度好像也變高了，而且身邊的冰居然開始融化。這樣的環境根本沒辦法安然入睡，多莉絲慢慢地清醒過來。她四處查看了一下，才終於發現原來是冰箱故障了，冷風根本沒吹進來，好像已經停止運轉。

「好悶……受不了啦！」多莉絲奮力推開冰箱門，跌坐在地上。

她抬頭望向廚房的窗外，外頭天上的星月靜靜地望著地面上的人們，但無論發生什麼事情，永遠都只能是旁觀者。

「是過了一天嗎……？」

她揉揉眼睛，飛向客廳，看電子日曆的顯示還是在同一天，不過現在時間已經是凌晨一點左右。她瞥見那放置在桌上的大碗刨冰已經融化了。那可是自己為了陳浩，花了好長的時間去做的東西……

又掛念起陳浩，多莉絲胸口感到一陣刺痛。

明明知道眷戀只會讓自己受傷，但她還是忍不住往臥室方向望去。原本只是想偷偷看一眼，但臥室實在太暗了，她根本看不見他……

「只看一眼就好了……嗯！」多莉絲下定決心偷偷飛向臥室。

她躲在門邊往室內探頭。藉由窗外的月光，卻見床上的棉被整整齊齊地折放著，根本沒有攤開來的痕跡。

陳浩在這個時間點還沒回家，到哪去了？

「多莉絲——！」

窗外隱約傳來有人在呼喊的聲音，而且好像是自己的名字？

多莉絲蹙眉，「這個時間點怎麼會有神經病還在外面亂喊亂叫啊……」

她覺得有點煩，想看看那個神經病到底是什麼樣子而飛出窗外，果然看見空無一人的街道上，有個人站在路燈下左顧右盼地亂晃。原本以為是傳說中的精神病患，但仔細一看……這人的身形還有動作有點眼熟？

——是陳浩啊！

此時，陳浩剛好回頭，多莉絲反射性地竄進草叢裡躲避。

陳浩聽到草叢裡好像有輕微的沙沙聲響，但他沒有多留意，只是左右張望，「多莉絲——妳在哪啊！」在今晚突然降臨的寒流中，陳浩僅穿著單薄的長袖衣物，呼喊時的白色霧氣在路燈下漸漸消散。

「他……在找我？」多莉絲不敢相信自己的眼睛。

不知不覺，她的眼眶開始發熱，視線也被淚水弄糊了。

雖然她有股衝動想要飛撲進他的懷裡，可是剛剛跑掉的人是自己啊。而且被說了那麼重的話……都還沒聽他道歉呢，怎麼可以這麼容易就原諒他嘛！

多莉絲緊緊地揪著自己的裙襬，緊抿的下唇好像要滲血了。

「多莉絲——」陳浩喊到喉嚨都開始啞了，腦袋不知道是否是因為缺氧的關係而發暈，還是真的太累了。找了那麼久，還是沒看到她，陳浩又急又無奈，無力地靠在電線桿旁，「她到底跑哪去了……明明是個沒冰吃就會活不下去的傢伙……」

在對人類而言可說是低溫的天氣下，他居然找自己那麼久，大受感動的多莉絲偷偷地從草叢探出頭，右手壓在因為期待而怦怦跳動的胸口上，在遠方注視著陳浩。

——大笨蛋、我在這裡啊！如果我不小心被看到的話……就勉為其難原諒你啦！

——還不快點找到我！快看這邊呀！這麼明顯怎麼還沒看到啊！

可惜陳浩根本沒察覺多莉絲對自己發射的電波，疲憊的他靠著電線桿，在柏油路上直接坐下來，雙手撐著陣陣發昏的頭。

因為陳浩一直專注地尋找多莉絲，都沒留意身體發出警訊。一坐下來，陳浩才察覺自己全身無力，而且明明冷得寒毛都豎起來了，但身體卻異常滾燙。又熱又昏的腦袋讓他的思緒宛如一團糨糊般紊亂，倦累的他挫敗不已，又很煩躁、懊惱。

「雖然我說的話確實太重了，可是……她本來就是這樣啊。」陳浩深深地嘆了口氣，「脾氣差又愛牽拖、明明犯錯還是硬要別人道歉……哪有這麼刁蠻的女神啊……這樣會被選上才奇怪……」

不巧的是，躲在一旁的多莉絲可是聽得很清楚呢。

她握緊拳頭，火氣直線上升，剛才想要飛撲向他的衝動瞬間消散。

她撿起地上的小石頭，以從電視上學到的投手姿勢將其拋擲出去。小石子雖然確實命中陳浩沒錯，但奇怪的是，陳浩沒有任何反應，還是保持著原姿勢坐在那裡。

甚至過了幾分鐘，他還是一動也沒動。

「……該不會睡著了吧？」多莉絲小心翼翼地爬出草叢，拍掉手上的灰塵，以迂迴的方式繞到陳浩附近。當確定他真的一點反應也沒有，她才鼓起勇氣飛到他身邊。

多莉絲用手指戳戳陳浩的肩膀。誰知道她只不過輕輕一戳，陳浩居然順著力道往另外一邊倒下。多莉絲這才發現他整張臉紅通通的，而且滿身大汗，髮絲都被汗水沾黏住貼在額頭上。就連倒在地上也沒有讓他醒過來，甚至他的表情看起來相當痛苦，微張的嘴不斷呼出白霧，呼吸的頻率很急。

「糟、糟糕了！」多莉絲手忙腳亂地爬進他口袋裡面找手機，吃力地輸入救護車的號碼，對著接通的電話大喊：「有人需要急救！快點來呀——！」

◆※◆※◎※◆※◆

救護車來之後，很快就把陳浩送進鎮上的醫院。

原來是陳浩在這段時間累積的壓力，還有過分的勞累，每天又睡不到五小時，加上吃太多冰而引起的腸胃炎一次爆發。再者，又因為他長期的腸胃虛冷而吸收不佳，造成營養不良，結果一感冒，就嚴重到會病倒的地步。

經過醫生診斷，陳浩必須要短期住院觀察幾天，治療上以補充營養、注射點滴為主。很巧的，他被分配到和顏芝蝶同一棟大樓的病房，雖然不是同一層樓，但這對陳浩來說，大概算是不幸中的大幸了吧。

在醫院昏睡了大半天，當陳浩醒來的時候，這才發現自己在醫院病房裡。同間病房的短期住戶是一名小孩和兩名老人家。而在傍晚時分這個時間點，三人都不在病房裡，他們不是和家人去吃點心，就是到外面散步去了。

空間不大的四人病房裡，除了簡單的四張單人床之外，就只有各自的櫃子，以及供給各個家屬坐的椅子。不知道是醫院的空調本來就比較強，或是白色面積太大，就算是蓋著有厚度的被子，陳浩還是覺得有點冷。

雖然好好休息之後，再加上醫生開的特效藥，他的感冒已經好了許多，但陳浩還是覺得腦袋昏沉沉的。他的左手臂上連接著點滴，瓶子裡面的透明液體緩慢地流入透明的管子裡，悄悄地注入他的血管之中，成為他生命裡的一部分。

他想起昨天晚上的事情，心情不禁沉重起來。

「多莉絲到底跑哪去了……」陳浩無奈地嘆了口氣，「沒冰沒冷氣的，她到底能去哪啊……還是被誰抓去做研究了？完蛋了，難道要我登報去找人嗎？這絕對會被當成瘋子吧？話說把女神候補搞丟，會不會有天譴啊……這陣子還是別靠近湖好了。」

此時，位在他床位左邊的櫃子，櫃門處其實開了一條小縫，有一雙亮亮的眼睛正盯著他看……沒錯，正是躲在衣櫥內苦惱的多莉絲。

原本她是打算等陳浩醒來，馬上要衝上前去找他理論的，但是看他這麼自責的樣子，就算想衝出去飛踢他洩恨也覺得不對。更何況，她可是還清楚地記著陳浩罵她的話，她才不肯輕易原諒他咧，必須讓他擔心久一點才行！

——沒錯，必須消失一陣子，好讓他知道我的重要性！

這樣想著，多莉絲大力點頭，又繼續盯著陳浩看，期待他多想自己一些，最好是腦子裡滿滿的都是自己，完全不能想其他事情最好。

「叩叩。」

門外傳來敲門聲，陳浩回頭之時，恰好與進門的顏芝蝶及妮妮對上視線，不禁露出訝異的神色。而多莉絲看到他這反應，也朝門口方向看，這才發現怎麼這時候又殺出了程咬金！

「芝、芝蝶……妮妮，妳們怎麼來了？」

多莉絲注意到他臉頰發紅就算了，居然還說話結巴，根本對顏芝蝶的好感絲毫沒有隱瞞啊！這不管誰看一眼都會明白這個小子有多喜歡她！

多莉絲忿忿地瞪陳浩一眼，拉扯衣櫥裡面的衣物，順便踹幾腳來洩恨。

顏芝蝶推著妮妮的輪椅來到他床邊。

「哥哥沒事吧？」妮妮擔心地問。

「昨天就聽妮妮的媽媽說看到你被救護車送來，但是昨天你都沒醒來，我們也不好打擾你……」顏芝蝶凝視著他，稍稍靠近些，神色擔憂，「聽說是太過操勞……你還好嗎？」

顏芝蝶突然靠得這麼近，害陳浩心臟差點跳出來，好像腦袋一下子又發燙起來。他紅著臉，急忙解釋，搖手的動作有點笨拙，「沒、沒什麼啦，只是面試的結果不是很好……可能大受打擊吧。」

旁邊的多莉絲火冒三丈地盯著他們，試圖用念力隔開他們，結果當然是一點用處也沒有。不過，妮妮感覺到衣櫥不太對勁而瞟了一眼，多莉絲立刻縮進衣櫥裡避難，但還是忍不住踹了櫃子裡無辜的衣物幾腳。

顏芝蝶垂下肩膀，難過地自語著：「這樣啊……真是辛苦你了。這麼忙碌了，還要你幫我們做便當……真是對不起，因為真的很好吃……不小心就……」

「不不不，怎麼會，我也做得很開心啊……而且一開始就是我自己說要做給妳們吃的。」陳浩趕緊說，他發現顏芝蝶臉色雖然蒼白，但至少能下床走路，不過還是可以感覺沒什麼精神，「話說……妳現在沒事嗎？昨天才……」

顏芝蝶愣了一下，露出靦腆的笑容，搖搖頭說：「沒事……昨天只是稍微有點不舒服，抱歉讓你們擔心了。我現在不就好多了嗎？」

但妮妮和陳浩可是一點都開心不起來，因為她又再逞強了啊……

躲在衣櫥裡的多莉絲自然是聽到了他們的對話，不禁喃喃自語：「昨天？昨天發生了什麼事情嗎？難怪陳浩回來就整個人怪怪的……嗯，必須調查一下。」

此時，醫生和兩名護士走了進來。

「現在要為您量血壓及抽血，並檢查身體狀況。」醫生說完，兩位護士便拉起簾子，動手幫陳浩抽血。

看著醫護人員在忙，顏芝蝶和妮妮也不知道該做什麼。

妮妮拉著顏芝蝶，「那我們去外面等吧！」

「嗯。」顏芝蝶點點頭，推著妮妮的輪椅，在離開前對陳浩說一聲：「我們等等再來喔。」

「好。」陳浩點頭，卻迴避了視線。

將這舉動看在眼裡，顏芝蝶心情稍稍沉了一下。

當兩人開門離去之時，多莉絲趁著沒有人注意，從衣櫥縫裡鑽出來，咻的一聲從差點關上的病房門縫鑽了出去。

多莉絲躲到護士擱置在走廊上的醫療推車，並藏身在棉花罐中，雙手搭著邊緣，只露出一顆頭。她豎起耳朵，聚精會神地等待，就是想聽清楚顏芝蝶和妮妮的對話。

妮妮坐在輪椅上，心不在焉地玩著自己的頭髮。她躊躇了很久，這才有勇氣開口問：「芝蝶姐姐……對不起，我……不小心和陳浩哥哥說了妳的病情……明明妳交代過不說的……」

聽到這，顏芝蝶終於明白為何陳浩剛才有這種反應了。她眼中閃過一絲落寞。

「嗯……那也沒辦法……說都說出口了不是嗎？畢竟也是事實……也許本來就該早點讓他知道的吧？」顏芝蝶拍了拍妮妮的頭，嘴角泛著淡淡的笑容，「別露出這樣的表情，我又不是今天就會不見了……也許這個病總有天會好起來的呀，不是嗎？」

妮妮憂傷地挪開視線，「可是……不是說……不會好了嗎……而且昨天真的好嚴重……醫生和護士全部都跑進來了，我還以為再也見不到芝蝶姐姐了……」

多莉絲聽到這句話後怔住，一個不小心竟然栽進棉花罐裡，落在白呼呼的棉花堆之中，就連空氣中也飄著幾絲棉絮，她懊惱地撥掉些惱人的雪白物體。

——那個女孩……生病了，還永遠不會好？原來如此……原來陳浩之所以心情惡劣就是因為這個啊。

——自己明明什麼都不知道，也不顧陳浩多傷心，居然還遷怒顏芝蝶……甚至還說她的不是……這實在是太差勁了……

她原本想說，偷聽她們的談話或許可以抓到什麼把柄，好對陳浩訓話，但現在才發現居然是自己在無理取鬧，這下可好了，連自己都難以原諒自己……這樣她更沒有臉出現在他面前了啊。

她感到一陣鼻酸，在灰暗的罐子裡頭縮成一團，暗暗啜泣。

此時，病房房門打開了，是剛才為陳浩診察的醫生和兩位護士走了出來。他們看到兩人時便點個頭示意已經可以進去探望，接著就離開了。

妮妮和顏芝蝶再次走進病房，多莉絲也趕緊跟上，還再次成功地在神不知鬼不覺中躲回了衣櫥裡。

兩人走進來時，發現陳浩並沒在病床上，反而坐在讓病人家屬休息的躺椅上，將一個布丁打開蓋子、放上小湯匙，但是並沒有吃掉的意思，只是擺在自己旁邊，盯著布丁一直看。

多莉絲也注意到了……因為空氣中飄浮著布丁的香甜芬芳，她忍不住嚥下好幾口口水，幻想著那充滿彈性的甜美點心在自己的嘴裡悠遊，那真是難以忘懷的美味。

「大哥哥，你在做什麼呀？」

「！」專注的陳浩被妮妮無心的呼喊聲嚇了一跳，他愣地回頭，這才發現原來兩人不知何時已經在病房內。他尷尬地將布丁放到一邊去，笑著擺擺手，「沒什麼啦，這布丁是剛才醫生說病人給他的，他不吃就給我了。只是覺得……這布丁好像有點冰，打開來讓它變常溫一點……」

「變常溫一點？唔，好像沒聽過有人會嫌點心冰冰的說……布丁不就是要冰冰的才好吃嗎？」妮妮歪著頭，逐字唸著剛才布丁位置旁邊的字條：「多莉……回來？」

陳浩手忙腳亂地擋住妮妮的視線，將紙張塞進口袋，「沒、沒有啦！」

「吼——很可疑喔！」

「真的沒事啦！」

看這兩人鬥來鬥去，顏芝蝶不禁笑了。

而多莉絲則是趁機躡手躡腳地自衣櫥飛出來，看準床頭櫃旁邊的簾子後方有空隙，飛了過去，偷偷地往布丁的方向望去。雖然看不見他口袋裡的字條，但她發現床頭櫃上有被揉成一團的字條，上頭用原子筆寫著：多莉斯，別生氣了，快回來吧！

——原來是因為寫錯字才揉掉的啊……

看到這，多莉絲感到一陣酸楚湧上心頭，眼淚差點落下。

「不管！所有的甜點都是妮妮的！」妮妮居然以雙手撐著身體，快速地爬過陳浩的床，然後伸長了手一抓，就將布丁連同湯匙拿在手上。

陳浩來不及阻止，妮妮已經張大了嘴，連湯匙都沒用就將整個布丁翻過來，接著一口含進嘴裡。她腮幫子裡是滿滿的布丁，只見她陶醉地咀嚼著滿嘴的甜蜜，身邊彷彿開滿了一朵朵小花。

既然東西都被吃了，陳浩和顏芝蝶也無能為力。

「我的布丁我的布丁我的布丁我的布丁……」多莉絲則是含著眼淚，在布簾後面散發酷似咒文般的怨念，唸個不停。

當妮妮吞下了布丁，這又把空的盒子丟進垃圾桶，然後眨著閃亮亮的眼神望著陳浩，一整個就是期待第二個布丁趕快端上來的臉。

顏芝蝶輕聲說：「那個……陳浩……」

「？」陳浩緊張地坐直身軀。

「嗯……我想你也知道我的病況了……那我也不打算繼續隱瞞。」顏芝蝶抿著嘴唇，對陳浩展露出靦腆的笑容，「不管如何，我都不會輕易放棄自己……我想要再奮戰看看。謝謝你對我這麼好，還那麼為我擔心……」

「芝蝶……」陳浩嘆了口氣。看她這麼堅強的樣子，怎麼反而更令人心疼呢……

將一切看在眼裡的多莉絲也沉默了。

◆※◆※◎※◆※◆

因為病情沒有很嚴重，陳浩住了兩晚之後，已經可以申請出院了。

多莉絲始終沒有現身，陳浩雖然每天都盼著多莉絲能回來，每天都留一些糖果點心之類的想引誘多莉絲出現，但每次都被妮妮吃掉……陳浩失望之餘，根本不知道這個舉動只不過是讓多莉絲對妮妮更加怨恨罷了。

回到家了。雖然只是兩天沒回來，陳浩卻覺得一切都好懷念。

「終於回來了……呼……還是自己家裡好啊。」

陳浩躺在沙發上，望著結了一些蜘蛛網的天花板發愣。

「多莉絲到底上哪去了……」陳浩長嘆一口氣，翻找超市購物袋，找到一杯葡萄果凍。他把果凍打開包裝和蓋子，配上湯匙，放在客廳桌上，與電視機遙控器並排。

他注視著葡萄果凍許久……多希望有個藍色的嬌小身影能趕快出現，先是大聲斥責有這麼好吃的東西怎麼不趕快端上來，然後大快朵頤這點心。

「唉……盯著看也不是辦法，先來整理一下東西吧……」

陳浩拿起住院時帶著的包包，將裡頭的換洗衣物丟進洗衣機，還手洗了襪子及免洗餐具。在這個時候，多莉絲才悄悄地從窗臺旁邊的盆栽綠葉中探出頭。

這幾天她為了能夠活下去，還跑去吃了病患用來冰敷的冰塊，好不容易才撐到他出院。

「也躲夠久了……還是露面吧！」多莉絲下定決心點點頭。

——不過在那之前，當然要好好地大吃甜點來犒賞自己啦！

她先看了一眼果凍，確定陳浩正在忙，就偷偷地飛到充滿香氣的葡萄果凍旁邊，忍不住大吸幾口那令人欲罷不能的香甜氣味，接著情不自禁地拿起湯匙，「嘿嘿……這次那個討厭的小丫頭不在……應該能……」

「天啊！」

陳浩突然大叫一聲，嚇得多莉絲趕緊躲在面紙盒後面。然後她偷偷探頭看向廚房方向，這才看見陳浩站在大開的冰箱前抱著頭。

冰箱因為整個故障，門打開時燈沒亮，雖然還是隱隱感覺得到冰箱內部殘存著些微的涼空氣，可是裡面那些比較容易腐爛的蔬菜水果，甚至是隔夜飯菜都開始飄出不太舒服的味道。

最慘的是……冷凍庫內的冰品和甜點全部融化了！

陳浩從冷凍庫取出一整袋的冰棒，裡頭的冰化成水，而薄木棒在包裝袋裡面漂來漂去，多像無助的小船在汪洋中蕩漾。先不管重新冷凍起來的話形狀會如何難看，問題是在逼近常溫下融化在包裝袋裡的冰棒，到底能不能吃啊！

「天啊……我的季節限量冰棒……」

陳浩呈現經典的挫敗姿勢跪坐在冰箱前面，有那麼一瞬間甚至喪失了活下去的動力。而躲在旁邊偷看的多莉絲也心碎了一地，那些超美味的冰品竟然全部都毀了……

「奇怪了……插頭好好地接著啊……怎麼會突然……」

陳浩開始調查到底是冰箱的哪裡出了問題，但是外行人怎麼可能看得出來機械故障？而且其他的家電都好端端的，就只有冰箱故障，這也未免太奇怪。他最後還是拿出手機，乖乖地撥給維修家電的店家。

就在等待電話接通的時候，陳浩注意到冷凍庫的出風口隱隱亮著有點熟悉的藍色光暈。他瞇著眼睛看了許久，「這個是……」腦海中閃過多莉絲的冰不就是有這樣的魔力光暈嗎！

「──多莉絲！」陳浩無奈地扶額。

罪魁禍首的多莉絲趕緊躲起來，心想：……呃，還是先避一陣子風頭吧。

第八章

最後的約定

時間一天天過去了，顏芝蝶的病情仍不見好轉。

雖然她一天天憔悴下去，但陳浩仍然沒有改變每天去探望她的行程。他每天都和她聊聊今天發生什麼事情或從電視上聽聞的趣事，甚至還準備一些網路上蒐集的笑話講給她聽。

表面的和平，誰都沒有勇氣戳破，然而歡笑的背後，卻只是懦弱地逃避著那些現實。其實陳浩在夜裡都輾轉難眠，甚至常被惡夢驚醒……惡夢無非是顏芝蝶病情急轉直下，突然撒手人寰的那幕。

自從上次那件事之後，多莉絲也常常躲在他的背包裡面跟來探望她。

說實在的，她也越來越難討厭這個女孩了。除了她本來就是個不錯的人之外，她真的太堅強了。不管發生什麼事情，她總是微笑且樂觀地去面對，從來不曾哭泣，任誰看了都會心疼。

也因為對她抱有愧疚，多莉絲更沒有勇氣在陳浩面前現身了，只好一直拖著，一天過著一天。

上個月，妮妮動了手術，這次結果相當成功，再加上勤於復健，恢復良好，現在她已經可以靠自己的雙腿站著。雖然這只不過是成功的一步，但是這進步還是讓大家都很開心，老是陰沉的病房裡總算多了一些喜氣。

「妮妮，太好了呢……出院之後，也要偶爾來看看我唷。」顏芝蝶坐在病床上，消瘦的臉龐上，漂亮深邃的雙眼仍然溫柔。

「還早呢，還要復健很久呀……這段時間也要多多指教唷！」妮妮推著輪椅來到顏芝蝶身邊，握著她的雙手，雙眼閃爍著，很努力地壓抑哽咽，「芝蝶姐姐，妳也要加油喔……說好以後要和我一起去奶奶家的，只要聽了奶奶說的床邊故事，妳一定也會很喜歡她的。」

顏芝蝶微笑點點頭；妮妮忍住眼淚，扯開嘴角努力地笑著。

但這些像是薄冰般脆弱的承諾，看在陳浩眼裡，卻沉沉地痛在心底。他不確定這逞強的承諾到底是真能讓誰的心情變好呢？大概也只是在易碎的玻璃上塗上無關緊要的保護膜，但實質上根本無法改變任何現況，玻璃還是一樣脆弱啊……

「……我去洗手一下。」感到一陣鼻酸，陳浩轉身離開病房。

關上病房門，往前走了一段路後停住，陳浩靠在走廊牆邊，快要窒息似的大吸了一口病房外流通的乾澀冷空氣。他煩躁地抓亂自己的頭髮，胸口那陣陣苦澀始終沒有辦法獲得紓解，像團烏雲似的堵塞著他的思緒。

雖然很想哭，但畢竟這裡是公共場合，他還是得忍住。

——為什麼……這樣的事情會發生在顏芝蝶身上呢？到底是她做錯了什麼，要這樣懲罰她？可是為何她總是這麼堅強呢？不管多痛苦的治療、內心承受的折磨，她總是能笑著去應對……反倒是她身邊的人，如此為她感到不平而心碎呢？

他多想守護她，但面對現實卻無能為力……只能眼睜睜看著她一天比一天還要衰弱憔悴……這是何等的痛苦？

隔壁病房門被打開，有兩位護士走出來，臉色沉重地對話。

「306 號房的那女孩……還能撐下去嗎？」

「不知道……雖說本人的求生意志很重要，但還是得看死神放不放手。」

「……什麼意思？」

「其實我聽到，她的主治醫生說再這樣下去，她可能活不過年底了。」

兩位護士關上門，悠然抬頭，這才發覺原來走廊上有人，而且還是常常去探望顏芝蝶的陳浩。而聽得一清二楚的陳浩一臉震驚地望著她們，眼裡瞬間沒了其他情緒。

兩人尷尬地低下頭，懷裡抱著資料夾，快步離開現場。

陳浩整個人傻在那裡，彷彿世界瞬間都成了黑白。躲在他背包裡的多莉絲也聽見了，在背包裡跌坐了下來。

過了許久，陳浩回神過來，然後往306號病房奔跑過去。

——怎麼會……年底……不是只剩下幾個月而已了嗎？如果就這樣讓她離開……不行、我一定得為她做些什麼！如果一定要帶走她，至少讓我為她做一件只有我能為她做的事情！

「芝蝶！」陳浩衝進病房，不顧妮妮和顏芝蝶滿臉錯愕，直奔到顏芝蝶的床前，蹲下身，「妳從以前就最想做什麼？有什麼願望嗎！」

「咦……？」被突然這麼問，顏芝蝶愣住了。

陳浩強忍著哽咽，雙眼閃爍晶光著，「應該有什麼非做不可的事情……有我能幫忙的地方嗎！無論如何，我都想為妳做些什麼！」

被人這麼認真地盯著看，顏芝蝶突然有點害羞。她垂下眼簾，嘴角泛起淡淡的微笑，嘆了口氣，「雖然我很想看看海……但其實，如果真有能實現的願望的話……應該是奇蹟之湖的『光雪』吧。」

「光雪？」妮妮和陳浩問。

顏芝蝶點頭，露出少女獨有的憧憬神色，望向窗外，「那是我從曾祖母的日記裡看到的。她說，這座城鎮的湖不僅有女神守護，而且幾十年就會有一次，特別是那場在平安夜降下的神秘藍色雪花雨……聽說只要看到光雪的人，就會得到幸福喔……」

這神秘的傳說，妮妮和陳浩聽得一愣一愣的。

——真的會有這麼神秘的東西存在嗎？！

——而且，平安夜……不就已經逼近尾聲……不管是這一年，還是顏芝蝶生命之火的尾聲。

這樣一想，陳浩的胸口刺痛了起來。

「嘻嘻，看你們的表情就知道不信對吧？」顏芝蝶悠悠地嘆了口氣，不過嘴角仍掛著笑意，「雖然我也沒見識過……光雪只是從奶奶的日記上看過……縱使沒有多少人相信，我還是相信它存在。平安夜也快到了……我很期待呢！」

對這種不著邊際的傳說，以正常狀況來說，陳浩是壓根兒不相信的。但，如果這個是顏芝蝶的願望……就算是騙人的，也必須要實現才行啊……畢竟這很有可能是她最後的願望！

「好，那我平安夜那天的晚上八點來接妳，我們一起去看！」

妮妮愣了一下，「可是沒經過醫生同意……」

「那些之後再說。」陳浩望向顏芝蝶，握著她的雙手，懇求地問：「好嗎？」

顏芝蝶眨眨眼，開心地抿嘴笑了，「嗯！」

而躲在陳浩背包中的多莉絲聽到這些，不禁抿緊下唇。

◆※◆※◎※◆※◆

陳浩離開醫院時，已經是黃昏時分。

這幾天天氣格外嚴寒，外頭的寒風迎面吹來，簡直讓陳浩的整張臉都要凍僵了。

他將雙手塞進厚外套口袋中取暖，從口鼻呼出來的水蒸氣瞬間化為白霧，被風打散。

人行道上的路樹少了樹葉陪襯，光禿禿的枝椏上僅存的幾片枯葉隨寒風擺盪。就連奇蹟之湖周圍的綠樹林也披上了秋季的黃紅色外衣，襯著依舊湛藍的平靜湖面，也別有一番蒼涼的美感。

多莉絲在陳浩路經奇蹟之湖時，偷偷地離開背包，直往湖的方向飛去。

今天號稱是史上最寒冷的寒流之夜，再加上飄了點小雨，體感溫度更是達到七度以下。相信再晚一點，等太陽下山，雨再下大一點，逼近入夜時段，整個冷高氣壓完全壓制在這塊土地之時，溫度會逼近零度。

這樣的溫度，對於一般人來說當然是難以忍受的，但是對於冰精靈化身的多莉絲而言，這會是相當舒適的溫度。而且越逼近零度，她的魔力就會更強。

也就是說——這是她回到冰宮的最佳時機！

因為太冷，沒有任何人在奇蹟之湖附近閒晃。多莉絲很放心地坐在結了一層冰霜的湖畔草地上，靜靜地凝視著遠邊的陽光逐漸落在山邊稜線，等待屬於夜的黑慢慢地覆蓋天空。

就算日夜更迭，湖面依舊平靜如鏡，好像對夜晚孤寂早已習慣。

「光雪……」多莉絲喃喃說著。

其實剛剛聽到顏芝蝶描述關於光雪時，她已經知道答案了。

光雪，其實是女神的眼淚。女神靜靜地看了那麼多人世間的悲歡離合，其實情緒的起伏隨著歲月過去，她的內心也越來越不容易漾起漣漪，光雪自然就不再降下了。而之所以會有宛如雪花般飄落的景色，是因為女神的情緒與奇蹟之湖產生共鳴，湖水吸收了大量女神的魔力，表層的水分子凝結成冰——卻呈現雪，由下往上悠悠飄起的奇妙景色。

能讓奇蹟之湖飄起光雪的，就只有女神大人本人了。

可是，過去那溫柔多情的女神大人，經年累月看過這麼多人事變化的她，心已冷若冰霜……要怎麼樣才能觸動她的心，讓她落淚？

「咻咻——」

陣陣寒風吹拂著多莉絲的長髮，原來不知不覺中，溫度已經相當適合她回家了。

當她感受到全身充滿力量時，才發覺奇蹟之湖正隱隱泛著淡藍色的光芒，就好像湖底深處有什麼神秘的光正打亮著。

如果在一般人類的眼裡，就只是一片平靜的湖，但是在同樣身為冰精靈的多莉絲眼中，卻隱隱約約看見在湖底深處有一座富麗堂皇、卻只有單調藍色光芒的冰宮。

而一道光自冰宮亮起，在多莉絲面前形成一條直達路。

說也奇怪……怎麼她明明一開始留在這熱死人的人間可以說是折磨，也一直期待著要回去，但是當這天終於到來時，她卻一點也不開心……

她不明白為什麼，現在就連跨出這一步都覺得心如刀割？

多莉絲忍不住回頭望了望這片黑暗的森林，腦海裡浮現陳浩的身影，那胸口傳來的真實刺痛使她不得不壓緊自己的心口。她多希望這樣就能止住這種難言的痛苦……

畢竟現在，她有很重要的事情要做。

多莉絲下定決心，踏入光中，身影消失了。

◆※◆※◎※◆※◆

陳浩此時已返家。

「哇……好冷……」

他脫下厚外套，打開空調，讓整個室溫能變得比較舒適一點。當溫度慢慢上升，陳浩這才卸下了沉重的冬衣，換上較舒適的睡衣，並且為自己泡了一杯熱奶茶來喝。他看了一眼放在客廳桌上的焦糖布丁，果然還是一口都沒有被動過。

他站在窗邊，凝視著靜默的夜晚街景，腦海浮現顏芝蝶那純真、令人心疼不已的笑容之時，不禁一陣悲從中來，眼淚無聲地自眼角滾落。

——真的沒有辦法了嗎……為什麼事實這麼殘酷……這麼好的一個女孩，為何會被賦予這麼嚴苛的命運？這個世界上明明有那麼多人選擇自我了斷，為什麼偏偏要剝奪一個想要活下去的人的生命？

他趕緊擦去眼角淚水，深吸一口氣，才勉強壓抑住想大哭的衝動。

「對，得快點去查有沒有辦法弄出光雪……」陳浩抹去眼淚，一口氣將熱奶茶喝完，回到房間打開電腦，專心翻找著科學專欄，尋找可以參考的方法。

雖然已經深夜了，但看來陳浩今晚是沒打算入眠。

◆※◆※◎※◆※◆

多莉絲踏上藍色的光道，感覺彷彿前方有一股力量牽引著她，這條光道牽引的速度飛快，不過轉眼的瞬間，她就已經來到了這座位在湖底深處的冰宮。

冰宮在外觀上酷似人類文明的城堡，呈現通體冰藍色，圓弧狀的頂端，宏偉的數根大柱子支撐著建築物的重量。水波在這單調的建築物上勾勒出迷幻的紋路，它們在搖晃而陰暗的湖水中蕩漾，使建築物泛著不可思議的淺淺光芒，就連路經的魚兒們身上都掠過光紋。

隻身一人的多莉絲在這棟建築物面前，身形更顯得嬌小。

她往前踏一步，冰宮的大門自動地左右敞開，眼前出現一條鋪著深藍色、金邊勾勒的地毯的筆直寬闊廊道，直通往豪華的冰藍色殿堂深處。

多莉絲探頭張望，一路飛進廊道之中。

她好奇地左右張望，只見這條走廊的兩邊，每隔一段距離就有兩兩相對的人魚士兵雕像巍巍地佇立在旁。它們神情木訥地直盯著來者，那嚴肅的氣氛使多莉絲總覺得不太自在，因為這雕像實在是太過逼真，非常有神韻，好像隨時都會突然動起來。

其實她對冰宮沒有多大的印象，僅有幼年時期的一些殘影而已，很多細節部分幾乎都忘光了。

「歡迎回來，多莉絲。」

冰宮殿堂傳來冰冷沉穩的女聲，在寬闊的走廊漾起回音。

她馬上就認出這個聲音，再次提醒自己的首要任務，多莉絲吸了一大口氣鼓足勇氣，並且加快飛行速度，直接飛往走廊的底端——冰之殿堂。

殿堂那挑高的天花板上，垂掛著一朵銀藍色的巨大雪花結晶，那美麗的幾何圖形完全是冰晶做成的，通體閃爍著美麗的藍色光澤。而透過殿堂內透明的大片雕花玻璃，可以清楚看見湖底的景色。魚群彷彿是被什麼吸引住了一般，環繞著冰宮游過，那在水光中恍悠悠的身影彷彿成了殿堂會活動的奇特布景。

在寬闊的弧形殿堂內，就僅有玫瑰冰雕的皇座上頭，優雅地坐著一位女王。

她一頭冰藍色的大波浪捲髮完美到彷彿是哪位藝術家精心雕製的作品，穿著一身點綴著冰晶模樣的束腹長禮服，將比例完美的身材襯托得無可挑剔。她的全身上下，除了額頭上那以冰雪打造的冠冕，以及一條薄透的披肩之外，沒有其他裝飾物。

她渾身上下散發著不可一世的高雅氣勢，讓人難以直視。

「女神大人……」多莉絲單膝及地，單手放在左胸口，彎腰，恭敬地說。

「妳可終於回來了。」女神悠悠地說著，從聲音裡聽不出情緒起伏，「妳其他的姐妹們都長大了，就只有妳還保持著精靈的模樣呀……不過也不能怪妳，當時確實有所疏忽，才會讓妳迷失在人間。」

多莉絲不知道該說什麼：「對不起……」

「不，妳不需要道歉。只是，妳已經落後姐妹們成長的進度……再這樣下去，很可能會失去競爭女神職位的資格。吾的時間也可能不多了，只希望能找到最適合的下任繼承人，我才能安心離開。」

女神優雅地伸手一擺，柱子旁邊的人魚雕像胸口泛起雪花的光痕，先是抖動，隨即開始活動了起來。渾身鱗片卻酷似人類的人魚朝多莉絲游去，那沉著的雙眼凝視著多莉絲，似乎示意她跟著她。

「妳就先跟著她安頓吧，她會協助妳適應冰宮的生活。」

躊躇了許久，多莉絲忍不住開口：「請等等！」

「？」女神與人魚都望向多莉絲。

「那個……請在人類的平安夜之時降下光雪吧！」

女神沉默了一會兒，「……妳的意思是……要吾落淚？」

「是的……」多莉絲為這個聽起來荒謬的請求感到難為情，臉頰整個都紅了，說起話來有點支支吾吾，「其實，有個人類女孩的願望就是親眼目睹光雪……雖然這樣的要求很奇怪，但……」

「不可能。」女神打斷多莉絲的話，聲音顯然低了幾個音階。

雖然是很不明顯的變化，但還是令多莉絲捏了一把冷汗。

而人魚則趴低上半身，一點也不敢看女神的表情。

「竟然想讓吾為人類女孩落淚……這是何等的奇恥大辱？」

「不、我——」多莉絲話說到一半，突然發覺自己的身體無法動彈，就連嘴巴都無法說出任何一個字。

「無禮，帶下去！」

不等多莉絲解釋，人魚已經按照女神的指示，將無法動彈的多莉絲以雙手小心捧著，往冰宮的房間方向離開。

◆※◆※◎※◆※◆

「哈啾！」

陳浩被自己的世紀大噴嚏驚醒，愣地左右張望。

他這才發覺自己趴在電腦桌前睡著了。而此時，天色已亮，保持這種姿勢睡著的他，不僅手腳發麻，連脖子都僵硬到只能勉強移動個五度左右，只要超過這個安全範圍，他就痛得彷彿整個脖子都要斷了。

「痛……」陳浩哀鳴著，費了好大的勁才從電腦桌前爬起來，拿起昨天列印出來的資料，坐在床上，大致翻閱，並且用紅筆來做記號。

這些是他昨天熬夜搜尋到的所有關於光雪的資料。不過光雪這東西看到的人實在太少，也沒有找到確切的照片之類的證據，所以他找到的大多是超自然現象，或傳說逸事的片段，或是以故事形式說出來的傳言，不過這些還是有參考價值，多少攝取一些總是好的。

確實也有一些實驗室的化學研究有做出類似的東西，但光是取得那些元素，甚至要成功做出同樣的實驗都還是頗有難度，更何況不是本科系出身的他，也不確定這些元素起化學反應之後會不會有毒……若是到時候害顏芝蝶的身體更虛的話怎麼辦？

「只好打電話問看看有誰能幫忙了……」

陳浩從通訊錄的第一位開始撥打。

不過得到的答案通常不是不知道，就是被取笑幹嘛突然一個大男人想搞什麼不切實際的浪漫，被調侃是要求婚，還是做了對不起人家的事情要道歉之類的。到最後，整份通訊錄撥完，這些人連一點建設性的建議都沒有。

陳浩沮喪地躺在床上，將手機拋到枕邊去。

「光雪……奇蹟之湖……我想那超自然現象一定和住在湖裡的冰精靈有什麼關係

吧。」陳浩望著天花板那殘餘的水漬，想起當時被冰凍而亂成一團的房間，不禁感嘆道：「如果多莉絲在的話……應該會有方法的吧……」

多莉絲行蹤不明已經好一段時間了，陳浩用盡各種甜點冰品的誘惑方法都還是不見多莉絲的蹤跡。桌上就算擺滿了甜點，也只有螞蟻或家庭害蟲入侵……在見識到家裡大門一打開，數十隻大強宛如Discovery頻道裡鳥兒齊飛的壯觀畫面之後，陳浩決定再也不用這種蠢方法了。

——看樣子答案很明顯，多莉絲是不打算回來了……

——還真狠啊……說走就走……一點情面也不留，也不想想當初是誰收留她，還給她那麼多好吃的甜點和冰品……

「鈴鈴——」

手機鈴聲突然響起，陳浩隨手接起來，「喂？」

「陳浩哥哥，今天醫院說要幫妮妮開慶祝會，你一定也要到喔！」電話那頭傳來了妮妮開心的聲音。

猜想這應該是妮妮母親的手機號碼，畢竟妮妮好像還沒有自己的手機。陳浩從床上坐起身，「當然沒問題，我要帶些什麼東西過去嗎？還有……芝蝶她的狀況應該沒有變壞吧？」

「你在說什麼呀，昨天不是才見到芝蝶姐姐嗎？她當然很好呀！」妮妮嘀咕著，隨即思考道：「……唔，要帶什麼東西嗎……那當然是把超商裡看得到的零食飲料和冰淇淋全——部都帶來呀！」

「……這樣吃不完吧？」

「不會啦、有很多很多人都在唷！今天晚上六點開始，千萬別遲到唷！」

妮妮說完，便掛了電話。

陳浩看著掛斷電話的手機螢幕，愣了半晌，這才抬頭看一下房間牆壁上的貓頭鷹掛鐘，發現現在的時間是上午十點四十八分。

◆※◆※◎※◆※◆

當陳浩來到醫院的F棟306病房，都還沒打開門，在外面就已經可以聽見裡面人們愉快交談的聲音。明明妮妮要出院是一件值得開心的事情，但陳浩卻想起了在同個病房卻是命運完全相反的顏芝蝶，不禁心疼起來。

他鼓起勇氣打開門，望著正在慶祝的人們，努力擠出開心的笑容，「嗨，甜點外送來了！」

「哇——」

「快點進來吧！」

大夥兒一窩蜂地衝過來，將陳浩帶來的點心統統擺在放置著各式各樣食物的長桌上。鋪著淺色格子桌巾的長桌上頭琳琅滿目地擺著飲料、沙拉、水果、冰品還有點心等等食物，讓大家隨意取用，儼然是個小型的同樂會。

這些參加的人無非都是醫院裡的病友，不然就是比較熟悉的醫護人員或妮妮的家屬，算一算大概十幾人，原來總是死氣沉沉的病房也有這麼歡樂的時候。

當然，最在意的是顏芝蝶。陳浩偷偷望向她，卻見她正著拍手，笑得很開心——因為妮妮難得得到母親同意，現在正在表演一口可以吃下多大塊的蛋糕，那可愛逗趣的表情令大家笑開懷。

顏芝蝶看著妮妮整個臉頰鼓鼓地塞滿蛋糕，臉頰上殘留著奶油的模樣，不禁露出了愉快的笑容。

對陳浩來說，就算是顏芝蝶的臉色再差，只要她開心，世界就是彩色的，所有人都比不上她在自己心目中的地位……他的眼裡就只有她。

但是他也注意到了，當大家忙著擦去妮妮臉上的奶油，或是在忙著做其他事情、轉移注意力的時候，顏芝蝶臉上就會不自覺地流露出淡淡的憂傷……果然她也是非常羨慕妮妮的。

看到她落寞的表情，陳浩心頭一緊。

「芝蝶。」

「？」

陳浩掠過人群，走向她，拉著她的手，「我們去外面走走吧。」

顏芝蝶愣了一下，同時也注意到在場其他人的視線集中過來而紅了臉頰。她趕緊迴避視線，小聲說：「說什麼呢，現在可是在慶祝會呀……」

「來一下。」陳浩不顧他人目光，拉著她到走廊去。

他隨手關上門，兩人站在空蕩蕩的走廊上，雙雙沉默不語。

「那、那個……怎麼了嗎？」顏芝蝶發覺陳浩略微肅穆的臉色，又久久不說話的樣子，真的有點奇怪，「你身體不舒服嗎？不然我請醫生幫你看看吧，林醫生人還滿好的……」

陳浩見她就要開門，他趕緊再次收手拉住她，「妳……沒事吧？」

此話一出，顏芝蝶先是愣了一下，接著紅了眼眶。

她咬著下唇沉默著，低頭。

他果然沒有猜錯……她一直都在忍耐著。

顏芝蝶將唇抿成一字形，纖瘦的身軀瑟瑟顫抖著，眼淚悄悄地滑落臉龐。

「……明明很為妮妮開心的，想到她可以重新站起來，再也不用回到醫院……真是太好了。」

「明明是這樣想的……可是……為什麼我還是那麼想哭呢……想到自己從此是一個人，而且，怎麼樣也不可能離開醫院……就……覺得好痛苦……不過大家都這麼開心，我一定要忍住眼淚才行……如果我哭出來，大家一定會很為難……也會讓妮妮難過的……」

她話還沒說完，陳浩就將哭成淚人兒的她擁入懷裡。

陳浩可以感覺得出來她比之前還要更瘦了些，畢竟她的食欲也慢慢地減少……現在的她好脆弱，無論身心都是。他不敢太用力，就是害怕懷裡的人兒會像易碎的玻璃般，化成灰燼般消散。

顏芝蝶愣地張大眼睛，眼淚一時忘記要流。

「哭出來吧……有我陪妳，妳不是一個人。」陳浩輕輕撫摸著她的柔軟髮絲，強忍著哽咽，「在我面前，妳不需要忍耐……儘管哭出來吧……沒事的……」

被擁入溫暖的懷抱，還有那深深鑽進心裡最脆弱部分的言語，顏芝蝶壓抑的委屈與不甘一下子湧了上來，一發不可收拾地潰了提。她緊緊抓著陳浩背後的衣物，將整張臉都埋進他的胸口，就算咬牙，也不肯讓嗚咽自喉嚨溢出，但眼淚卻像斷了線的珍珠直落。

感覺到胸口的襯衫被眼淚濡溼，陳浩心疼不已地抱著宛如玻璃娃娃般脆弱，卻一直在逞強的女孩。不知不覺，他也紅了眼眶。

陳浩只希望能讓顏芝蝶恢復記憶中的笑容。

就像當時自己第一次看見她，那個戴著白色帽子、拿著冰淇淋，在綠蔭下的她金髮飄逸，臉上綻放著比陽光還要燦爛的笑容。

「我一定會讓妳看到光雪的……一定！」

顏芝蝶含淚點頭。

◆※◆※◎※◆※◆

多莉絲撐著下巴，盯著水底的魚兒游過，又和長得古怪的底棲魚大眼瞪小眼，一整天都盯著宛如水族箱般的大圓窗發愣。

這是她在冰宮的房間。既然是女神候補的專屬空間，這房間的華麗程度自然是不在話下，但是全部的東西，甚至是地板、裝飾用雕像，還有頭頂上那顆華麗的燈也是閃亮亮的淺藍色冰晶，整個室溫大概維持在零下十度左右。

本該是很舒適的空間，但多莉絲早就看慣了陸地上花花綠綠的世界，現在放眼望過去都是冰藍色，真是看得她越來越煩悶……而且冰宮當然沒有電視或冰箱之類的電器用品，水下的世界，既單調又空白。

只要沒有人說話，就好像整個世界都被切換到靜音模式。

而且，冰宮的飲食也讓她感到疲乏。平常在陳浩家都是大口大口地吃零食、冰品等等又漂亮又香甜美味的食物，但是在冰宮，負責貴族餐點的專業料理師每天都精心調製健康又營養的料理……不過所謂健康的東西通常都不太好吃，大概中看不重用，胃口被養刁的多莉絲根本吞不下去。

因為她的成長比其他候補女神還要慢，所以女神特別指派了訓練教官幫她特訓。多莉絲每天每天都在訓練，被逼迫著引導出自己的能力。說真的，這對身心都是種折磨，但多莉絲不敢再惹火女神，只好咬牙苦撐著。

看著這些和自己同期的姐妹們都已經變化成人形，且能維持相當久的時間，多莉絲其實也感到無比壓力，深深懷疑自己是否真能追上她們的腳步。也因為女神特別對她寬容，她其實能感覺得到姐妹們不太喜歡自己，大概是忌妒的關係吧，她總是被冷落，不然就是常常因為一些莫名其妙的事情被罵得臭頭。

在這裡一切都是壓力……她好想離開這個地方，回到陳浩身邊——回到那個無拘無束、明亮又多采多姿的世界。

但是，已經不可能了啊……

「唉……」多莉絲趴在窗邊，深深地嘆了口氣。

「多莉絲小姐，這樣不行！」

「！」

突來的聲音使多莉絲嚇得差點跳起來，她回頭，果然又看到那個老是挑她毛病的訓練教官兼看顧者又來找麻煩了。

「身為女神後補，無論在何時都必須保持著優雅端莊的樣子，豈能如此散漫！」人身魚尾的她雙手扠腰，那高八度的嗓音永遠都是那麼刺耳。

「是……」其實很想回嘴，但多莉絲已經吃過苦頭，還是隨便敷衍一下，以免原本唸個三分鐘就好，結果變成三十分鐘，最後還被拖到女神面前去數落。

看她這副總是沒精神的死魚模樣，訓練教官無奈地搖搖頭，「都已經來這裡一個禮拜了，還無法適應嗎……相較於人間，都過了一個月了……」

多莉絲愣了一下，「一個月？」

「嗯。」訓練教官順手整理自己雪白的衣襟，舉手投足都非常優雅，「冰宮的時間比人類的時間還慢，大概慢四倍左右。再過不久，又是那個吵死人不償命的節日了吧……每到那個時期，外面總是特別吵啊。」

「吵死人不償命的節日？」

訓練教官順著自己衣袖的摺痕整理一下，還不忘記要翹起小指，「是啊，人類似乎非常喜歡那個節日，每次那日子快到的時候，就會將彩燈掛滿湖畔邊的大樹，到處都撥放音樂……雖然我是不討厭啦，但是同樣的音樂一直重播還真是挺惱人的……好像叫什麼來著……」

多莉絲開始緊張起來了，「……聖誕節？」

「嗯，是啊。」訓練教官滿意地確認摺痕完美，挑眉，「真搞不懂這到底有什麼好慶祝的，不就和一般的日子沒什麼差別嗎？人類就是一種莫名其妙，喜歡白費功夫的生物呢。」

不過接下來她講什麼，其實多莉絲根本沒聽進去。

她只是驚覺大事不妙，因為她想起了陳浩對顏芝蝶的承諾——要在平安夜這天晚上讓她看見光雪，好完成她人生中的最後一個願望。可是，光雪是女神的淚之奇蹟，如果沒有女神幫忙，他是絕對不可能完成這個任務的啊！

而且……時間就快到了！

今晚恐怕是最後機會了啊！

「——我要見女神大人！」

多莉絲不顧訓練教官的阻攔，再次衝向女神所在的大廳。

她推開側門，從半開的門縫看見女神正在向屬下交代事情。當他們聽見有人擅自開門的聲音，錯愕地望過來的時候，多莉絲已經一個箭步飛到女神面前。

「……多莉絲？這個時間點不做訓練，怎麼了？」女神聲音聽起來有點不耐。

那冰冷的聲音使多莉絲心臟狠狠地漏掉半拍。明明感到恐懼無比，但是現在若退讓，那她一定會後悔莫及。她鼓起勇氣，努力使自己的視線能凝聚在女神的雙眼上。

「女神大人、請您降下『光雪』吧！就僅只一次了……求求您！」

聽到這無理的要求，大臣們臉色都白了大半。

「居然大言不慚地說出這種話……」

「這是何等的大罪啊……」

面對大臣們毫不掩飾的鄙夷視線，多莉絲腦袋一片空白，整張小臉又辣又燙。因為恐懼而渾身顫抖的她握緊拳頭，強忍著不讓屈辱的眼淚墜下，嘴唇咬得都快要滲出血絲來了。

自尊心高的她，以前根本不可能卑躬屈膝地求別人幫忙，更不可能允許有人對自己指指點點卻毫不反駁，但現在她卻有絕對不能讓步的理由。

雖然大臣們對多莉絲的行為感到非常反感，但女神大人居然到現在都還沒說一句話，只是繃著臉，他們也只好乖乖安靜了下來，偷偷地用眼角餘光去觀察女神大人臉上的表情。

女神大人看似面無表情，但熟識她的人都能感覺出來她正蘊蓄著情緒，而且很久沒有看到她這樣沉著臉不講話。熟識她的人都知道，如果她盯著某個東西沉默越久，就表示她怒火指數越高。

看樣子現在是非常不妙，大家嚇得噤若寒蟬。如果可以，他們真想找機會脫離這令人窒息的場合，但是現在說話又怕被遷怒，只好硬著頭皮留下。大家你看我、我看你，眼神無非是催促別人去主動提起要退下的事情。

「多莉絲。」

女神大人冰冷的聲音傳來，多莉絲立刻挺直身軀，「是！」

她抬頭，恰好與女神大人視線相對。

那如雪般冰寒的銀瞳，令多莉絲感到一陣冷冽竄入心頭。

「本先看在妳是吾之子的分上，才接納妳回到這本該屬於妳的世界，也不計較過往妳在人類世界停泊的日子與遭受的心靈汙染。」女神大人雙眼微微瞇了起來，「但看起來，妳的問題比吾想像的還要嚴重……竟敢三番兩次提出這種無理的要求，看樣子在妳的心目中，吾比人類還要低賤？」

沒想到她竟然說出重話，多莉絲嚇壞了，「不，我只是……」

「夠了，不須贅言。」女神大人冷冰冰地注視著她，舉起右手，下令道：「把她關進冰室，重塑精魄。」

聽到這，多莉絲整張臉都白了。

所謂的重塑精魄，其實等於是將精魄重新塑造，將所有因為時間與經歷附加在靈魂上的東西全部洗白……也就是說，當下次她張開眼睛的時候，就像初生的生命般潔淨無垢。

等於是將記憶統統歸零。

一旁的大臣們嚇得趕緊躲到邊邊去，而大廳邊緣的人魚士兵雕像胸口亮起了魔法光暈，原本僵硬的手腳也開始活動了起來。他們有蹼的腳快步挪動，轉眼便將多莉絲團團包圍。

面對這一張張長滿鱗片、尖齒外露的醜惡怪物們，這般怒氣洶洶地盯著自己，這簡直比惡夢還要可怕。多莉絲不禁渾身顫抖，明明想要尖叫，但喉嚨像是被卡住了一樣，完全喊不出聲音。

但當一隻青綠色，內側青白的鱗片大手朝她撲來之時，她猛然驚醒。

——這些重要的回憶怎麼可以忘記！

「不要！」

多莉絲嘶聲尖叫，推開那隻大手的同時，不自覺地釋放出冰雪的力量，使這隻人魚士兵瞬間被凍結成冰塊。

這反抗的舉動使在場所有人一陣驚呼。

女神大人更不用說了，她的怒意已經可以從表情中看出端倪。

湖水感受到女神大人的情緒，以不自然的流動方式翻攪著，冰宮外頭的泥沙揚起了漫天沙塵，水流的不穩使整座冰宮喀啦喀啦作響，好像外面正颳起了大風暴，就連在裡頭的人們都可以清楚地感受到女神大人的憤怒，嚇得抱成一團。

「多莉絲！」女神大人起身怒叱，冰藍色長髮無風蕩漾，她身邊泛起了冰藍色的光，越加刺眼。

面對盛怒的女神大人，多莉絲渾身顫抖。

明明知道不能再反抗女神大人，但是她怎麼樣也不想遺忘過去的美好。這是她最後能保留下來有關陳浩的東西，怎樣也不能捨去啊！

「對、對不起——！」

多莉絲凝聚身上的魔力在掌心，對著冰宮大廳頂端垂掛的巨大雪花發射。雪花球保存著冰宮經年累月儲存的能量，當同屬性的能量輕鬆地穿過保護層，並且共鳴引導出劇烈的能量，大量的能量便從缺口大肆宣洩。

冰宮內霎時充斥著找不到缺口、像無頭蒼蠅般四竄的能量，砸毀了不少冰宮內較脆弱的擺設品，就連人魚士兵的雕像也難以倖免。這混亂的情況使大臣們嚇得瑟縮到角落去避難，眼睜睜地看著亂竄的大量藍光球破壞冰宮，甚至撞壞了冰宮透明的玻璃層，玻璃宛如雪花般鏗鏘灑落地面。

趁著這一片混亂，多莉絲從損毀的玻璃窗逃出了冰宮。

◆※◆※◎※◆※◆

平安夜就在今晚。

早在今天到來之前，鎮上的人們就已經陸陸續續開始著手準備這一年一度的熱鬧節慶。他們先是將家裡擺的聖誕樹裝飾好，並在這晚開始的前幾天買好慶祝大餐的所需品，接著便與街坊鄰居著手戶外的裝飾。

商店街的改變尤其明顯，到處充斥著濃濃的聖誕氣氛，不斷重複播送的聖誕歌曲流竄大街小巷，街道上明亮的彩燈閃爍著人們的喜悅，到處都有聖誕老人、麋鹿以及冬青葉的裝飾圖樣。特別是小鎮廣場上那三層樓高的巨大聖誕樹，底下有許多包得漂漂亮亮、假裝是禮物的空盒子，縱使如此，孩子們看到還是會繞著它們不斷歡呼，好像禮物屬於他們一樣。

街道充斥著幸福歡樂的氣氛，熙攘往來的人們臉上掛著滿滿的笑容，但獨自一人的陳浩在這般熱鬧的街上，背影卻顯得有點落寞。

就好像唯獨環繞在他身邊的，只有悲傷的獨奏曲。

他後來想盡辦法去找所有可能造成類似光雪效果的方法，也去拜訪了不少專業人士，最後終於找到類似的方式……只不過是用光去將蓬鬆的雪球點亮成藍色，但人造雪球不可能背離地心引力，要由下往上飄根本是不可能的事情——至少對他來說。

而且他已經將工具都準備好了，就藏在湖邊樹叢裡，只要啟動就會開始飄雪。

他們約在廣場的聖誕樹前面見面，顏芝蝶當然是靠著妮妮和幾位病友的幫忙才能偷溜出來。陳浩雖然很擔心顏芝蝶的身體，但若這是她無論如何都想實現的願望……他是絕對不可能拒絕的啊。

就算是短暫的也好，大家都希望顏芝蝶能打從心底綻放笑容。

這陣子因為要準備這些東西，陳浩幾乎沒有時間去醫院找她們。明明就要見到幾天不見的顏芝蝶，應該要很開心的，但他卻還是覺得很無力……這幾天更是睡不好。他很害怕，畢竟顏芝蝶隨時都可能會離開他。

不知不覺中，陳浩已經來到小鎮廣場前。

在小鎮的廣場正中央，有一棵巨大的、掛滿了各種彩色裝飾品的聖誕樹。高高懸掛在頂端的金色星型燈與多條雪花狀的小燈泡串聯，將廣場上空切割成宛如蛋糕的模樣——這可是商店街的大家合力完成的藝術品。

廣場上的人群們不是在跟聖誕樹拍照，就是聚在一起談天歡笑，熱鬧非凡。

明明那麼多人，但陳浩一眼就看見熟悉的身影。

雖然她看起來又消瘦了一些，但顯然有特別打扮一下。她穿得一身雪白，以白色蝴蝶結與絨球裝飾的披肩洋裝，側揹著粉紅色的小包包，臉上畫著淡雅的妝，唇蜜與腮紅使她看起來更加動人。

她坐在聖誕樹旁邊的長椅上，笑著對他揮揮手。

陳浩加快腳步走向她，隱藏內心的苦澀，對她微笑，「等很久了嗎？」

顏芝蝶搖搖頭，突然將他拉近，並且在他脖子上圍上了水藍色的針織圍巾，靦腆地笑了，「這是你的聖誕禮物喔，喜歡嗎？」

其實光是這個舉動和笑容，就已經讓陳浩開心得快飛上天了，現在再加上這個手工禮物，他大概一個月都能笑著入眠。他點了點頭，也從懷裡拿出一袋小禮物，送到顏芝蝶懷中，「聖誕快樂。」

顏芝蝶開心地收下禮物。

這禮物是深藍色為底，白色雪碎花點綴的包裝，上頭繫著金色的緞帶花朵，雖然體積大，但卻很輕。顏芝蝶抬頭望向他，眼中含著笑意，「我可以現在打開嗎？」

陳浩點點頭。

顏芝蝶小心翼翼地拆開包裝紙，裡頭藏著一雙滾著白色絨毛邊的粉紅色手套，在靠近手腕的部分點綴著白色蝴蝶結——恰好和顏芝蝶今天的裝扮很搭。

「好可愛，謝謝你！」顏芝蝶將手套戴上，雙手貼在頰邊，笑開了。

陳浩感到心裡頭暖洋洋的。

顏芝蝶在起身之時，雙腿稍微發軟而差點跌倒，還好陳浩及時伸手拉住她。顏芝蝶恰好落在他懷中，這樣突來的肢體接觸使兩人臉頰都紅了，手忙腳亂地趕緊保持原本的距離。

「那，我們走吧。」

「嗯！」

陳浩鼓起勇氣，牽起了顏芝蝶的手。

顏芝蝶露出羞澀的笑容，稍稍緊了緊手上的力道。

第九章
平安夜的奇蹟

因為已經夜深了，奇蹟之湖的公園裡只有少數人還在散步，而且其中絕大多數都是夜歸的情侶們，正享受著聖誕夜，這專屬於兩人的甜蜜時光。

兩人牽著手，靜靜地走過點綴著路燈的樹林斜坡，來到湖邊。今天的奇蹟之湖也一如往常平滑如鏡，但因為湖畔邊應景地掛上了燈飾，放眼望過去，那宛如銀白色流星般滑落的痕跡，也同樣在湖面上映照著。

沐著冷風，兩人凝視著平靜的湖畔，默默地緊握著手。

顏芝蝶認出這裡是當初兩人第一次見面的地方，雖然說那個行動餐車不在了，但那棵大樹，還有貼近湖岸的風景和樹林，就和幾個月前是一模一樣的。同樣的場所，不同的時間，她卻突然有點感傷。

「還記得嗎？那天我們因為買冰淇淋相遇……」

陳浩點頭，回憶起那天發生的事情，就好像昨天才經歷過，「當然啊。那天真的超熱的……話說那家冰淇淋真的很好吃！」

「就是呀！從來沒吃過味道那麼濃郁的哈密瓜冰淇淋。」

「哈哈，可惜我還沒吃到……」

兩人笑著笑著，卻心照不宣地發覺夏天怎麼已經離得好遠……原本陽光燦爛的季節，如今卻變化成冰冷難耐的冬季。

回不去了，過去的種種。

顏芝蝶鬆開手，在路燈下，微微泛著淚光的溫柔雙眼注視著陳浩，「這些日子，謝謝你的陪伴……我很感謝上天讓我遇見了你……雖然可能時間不是很長，但是能遇見你真是太好了……」

「傻瓜，在說什麼呢。」感到一陣鼻酸，陳浩不得不挪開視線，「之後還會繼續在一起的啊……日子還很長、很長……現在說這些還太早了吧？」說著說著，他自己卻哽咽了，但他很快地深吸一口氣強忍住悲傷。

顏芝蝶低著頭，緊抿著嘴唇，眼淚在眼眶裡打轉。

氣氛越來越低落。

陳浩想這樣不行，明明下定決心要給顏芝蝶一個完美的平安夜回憶的，如果像現在這樣沉浸在悲傷與沮喪之中的話，那就沒有任何意義了。至少在能把握的時間內，應該要盡可能地製造歡樂才行！

「對了，妳在這邊的椅子坐一下。」

「?」

看顏芝蝶滿頭問號的樣子，陳浩賣關子地笑了，「三分鐘就好！」說完，他急急忙忙跑開了。

顏芝蝶愣地望著他的身影消失在路燈下，困惑地眨眨眼。因為不知道要做什麼，她只好乖乖地走向湖岸邊的長椅，以面對湖的方向坐了下來。

迎面而來的風有點冷，她下意識地縮起脖子，將雙手放在面前呼氣。覺得觸感不太一樣，她這才想起原來手上戴著陳浩送給她的手套。看著這樣式可愛的手套，顏芝蝶嘴角泛起了幸福的微笑。

——今天身體狀況明明還不差，卻覺得頭昏……是太冷了嗎?

顏芝蝶注視著平靜的湖面，呈現有點恍惚的狀態。

陳浩繞了樹林一圈後，又偷偷回到湖岸邊。他確定顏芝蝶已經坐在湖岸邊的椅子上，以她的視角應該是看不到自己這邊才對，他這才鑽進一旁的樹叢中，將昨天晚上設置好的器具都確認一輪。

這臺造雪機十號其實是他拜託相關科系的人連夜趕工的結果。只要在頂端這個方形的缺口處放入作為原料的水，以及調配好的化學原料，蓋上蓋子，拉下酷似搖桿的開關之後，就會從懸掛在樹枝上、朝上開口處噴出蓬鬆的雪花，再加上獨特的光照，會讓雪花泛著淡藍色的光，量大概可以持續飄下十五分鐘左右。

雖然這光雪是假的，但這已經是身為普通人類的陳浩盡全力的結果了。

因為很緊張，陳浩手忙腳亂地按照步驟，將一件件的原料都放進機械裡頭，確定沒有遺漏之後，再蓋上蓋子。

因為只有一次的機會，而且這臺機器其實故障率很高，畢竟是趕時間做出來的東西，測試的時間並不多。陳浩緊張得渾身都是汗，在拉下搖桿之前，還不忘記要祈禱一番：「拜託……一定要成功！」

最後，他終於拉下搖桿開關。

機械如常地運轉著，發出陣陣運轉聲響。

「呼……太好了……」陳浩欣慰地揮一把額頭汗水，重新整理一下頭髮和衣服，滿懷期待地望向顏芝蝶那方向，並且將紅色的小盒子放進口袋，「好了，差不多可以過去那邊了……等等拿出準備好的對戒……」

「卡、嘎、嘎。」

誰知道他才剛走一步路，後頭的機器就發出奇怪的雜音。

他愣地回頭，發現機器居然冒出了陣陣白煙，而且運轉的馬達聲聽起來也越來越不順，最後機體抖動幾下，竟回歸一片安靜。

「不會吧！」

陳浩急急忙忙衝進樹叢裡，打開機械的蓋子，卻只有冰冷的空氣夾帶著化學藥品刺鼻的味道自裡頭湧出來。他對這臺機器完全不了解，只能試著拍拍它馬達的部分，果然一點用都沒有。

他重新將裡頭的東西倒出來，依照順序放入原料，把所有知道的急救方法都試過一遍，但機器始終不領情，說罷工就罷工。最後他只好打電話給當初幫忙製造這臺機器的朋友，可是也不知道怎麼回事，電話居然不通。

心慌不已的他拉開袖子看手錶時間，發現再一分鐘平安夜就要結束了！

他只能匆忙拿走原料袋，趕回顏芝蝶身邊。

「芝蝶，妳再等一下……咦？」陳浩發現對方沒有回應，這才發現她閉著眼睛，側著頭靠在椅背上，「芝蝶？」

她還是沒回應。

這一瞬間，陳浩的血液簡直凍結了。

「芝蝶、芝蝶！」陳浩搖晃她的肩膀，但她就像沒有靈魂的人偶那樣順著力道左搖右晃。

「唔……」顏芝蝶從喉中發出一陣呻吟。

陳浩看見顏芝蝶雙眼慢慢張開，眼神看起來有點迷離，但是至少人醒了，他鬆口氣，「妳別嚇我啊……怎麼在這裡睡著了，如果著涼了怎麼辦？」他的雙手仍然在顫抖，到現在還是驚魂未定的狀態。

「嗯……對不起……最近老是這樣呢……」顏芝蝶意識好像隨時都會飄遠那樣，氣若游絲地呢喃著，「不過怎麼回事……今天好像特別的想睡呢……是太冷了嗎？頭暈暈的……」

因為路燈光線昏黃，陳浩一開始並沒察覺顏芝蝶的異狀，現在才發現她的臉好像有點紅，呼出的白色霧氣頻率有點高。

當他伸手觸碰她的額頭，這才發覺她正發著高燒。

「糟糕、得趕快回醫院才行！」

但顏芝蝶卻拉住他，眼中含著淚水，虛弱地說：「不……我還沒看到光雪……我不想回去……我有預感，只要回去，我就再也不能到這裡來了……所以……可以再等一下子嗎？」她縮在陳浩的懷裡，輕輕地啜泣著。

看著瘦弱的她這樣懇求，陳浩的心簡直是撕裂般劇痛。

既不忍心回絕顏芝蝶的要求，也無法眼睜睜看著她的生命一點一滴地消逝，陳浩咬緊牙根，強忍著不讓哽咽湧出喉嚨，最後還是說出口了：「可能做不出來了……原本約好了……對不起……」

「做出來……？」

「嗯……是用機器……」陳浩覺得有點難說出口，但是事到如今，他也不想騙她了，「對不起，光雪我真的不知道該怎麼做到……只能用人造的……可是機械居然故障了……」

顏芝蝶垂下眼簾，可以看得出來有點失望。

陳浩也很自責，「對不起，都答應妳了……」

她搖搖頭，還是體貼地露出了虛弱的微笑，「不，謝謝你為我做的這些……光是這份心意，已經很足夠了……」但他還是能夠看出她眼裡的失落，甚至以幾乎無法察覺的方式輕微地嘆了口氣。她的身子癱在他的懷中，「我想再等等看……只要再一下就好……」

但是她現在高燒不退，又這般虛弱，在這不到五度的室外溫度吹風，陳浩不禁懷疑自己是不是做了錯的約定，讓她受苦受難，卻還是讓她失望。

光是想到這點，他就焦躁難耐，自責得快要瘋了。

也不知道是想要證明什麼，他匆忙地將袋子裡面的工具全部拿出來，「妳看，只要將這些東西弄在一起，再加上那臺機器，就可以做出藍色會發光的雪球喔！」他將那些化學原料倒進袋子，手忙腳亂的，化學原料都沾到自己的衣袖和衣領了。他哽咽著，視線早已被眼淚弄糊。

「就像這樣……這樣……」

可是一個不小心，那個裝著液體的袋子就傾斜一邊，裡頭被染成淡藍色的液體流了滿地，也把陳浩的衣物染了色。

當然，光雪計畫早就失敗了。

深感挫敗的他任由袋子內的液體滴滴答答地落在草地上。

「對不起……對不起……」陳浩抱緊懷中的人，啜泣不已。

而意識恍恍惚惚的顏芝蝶不知道到底有沒有聽見陳浩的聲音，她只感覺那溫暖的懷抱讓她好安心，好像只要靜靜閉上眼睛，就可以永遠沉醉在這樣的溫度之中。

「振作一點啊！笨蛋！」

突然，尖銳的怒斥聲突破緩慢的平安夜之歌，鑽進陳浩耳中。

「這聲音……？」陳浩愣地抬頭張望，心跳得飛快。

他看見平靜的湖面漾起了漣漪，有一個泛著淡藍光芒的精靈身影就出現在湖水中央，並且在湖面映著上下顛倒的影子。

他不敢置信地揉著眼睛，「多、多莉絲？」

湖面上的精靈沒有回應他，只見她拍拍鏤空冰雪圖樣的翅膀，一蹬飛上空中。她在空中輕巧地划著舞步，旋轉、跳躍，她的每個身影都拖曳著淺藍色的光粉，一閃即逝，卻在黑夜中是如此的鮮明。

多莉絲看這狀況就知道，陳浩的人造光雪計畫鐵定是失敗了，但絕對不能讓顏芝蝶失望。雖然不知道自己是否也能造成光雪這般奇景，但是多莉絲覺得無論如何都得嘗試看看。

更何況……打從她正式與女神大人決裂之後，供應她靈力的能量就終止了。這就表示，即便她不做任何事情，她的生命都會隨著魔力削減而消失……當然，她現在這麼做，無非是在賭命。

當多莉絲在高空中注視著陳浩抱著顏芝蝶的畫面，心底是說不出的痛。

如果可以的話，她多麼希望在他懷裡的人是自己；如果可以的話，她多麼希望他眼裡就只能看見自己；如果可以，能不能他的心裡掛念的人只有自己？

但，都不是……

她只不過是這兩人感情外的配角罷了。

但即便如此，她也想守護陳浩……想實現他的願望，就算是這個願望是為了另一個女孩，她也要達成——畢竟這是她唯一能為他做的，也是唯一能讓陳浩注視著她的機會了。

一股酸澀湧上心頭，多莉絲緊抿著嘴，不敢說話，就怕一個不小心會透露出自己的脆弱。她想將魔力藉由舞步平均分散在湖水表面，但是湖水的面積實在太大，她只好退而求其次地在兩人附近的湖面下手。

「多莉絲、妳在做什麼？」陳浩還搞不清楚她到底在玩什麼花樣，只見她在湖面翩翩起舞，宛如一隻淘氣的藍色蝴蝶，「話說妳這陣子到底是跑哪去了！我找妳找得好辛苦……」

聽到這，多莉絲心底漾起了感動的情緒，差點就要哽咽，但還是假裝生氣地瞪他一眼，「別吵，靜靜看就對了啦！」

「妳聽我說，之前說的那些話不是真心的。」

「好啦！」

多莉絲布好魔力的範圍，湖水表面隱隱泛著淡藍光芒，而多莉絲就站在泛光範圍的正中央，身上的衣物與長髮在魔力渦流之中微微盪漾著。

「這是我送給你們的禮物。」多莉絲注視著陳浩，不同於總是趾高氣揚的笑，而是特別溫柔、靦腆的笑。

陳浩感覺到哪裡不對勁……這笑容看著居然讓他感到心痛。

「等一下，禮物……難道是？」陳浩愣地望著這片發光的湖面。

在他懷裡的顏芝蝶仍然意識矇矓，閉上的眼皮只隱約感受得到異樣的藍色光，但卻沒力氣睜開眼。

面對陳浩的疑問，多莉絲笑而不答。

她舉起雙手，湖面染有魔力的範圍裡，藍光更加強烈，甚至在範圍中心浮現出雪花結晶的模樣。她持續將魔力注入其中，漸漸的，這範圍的湖水被魔力牽引而飄了起來，形成一顆顆渾圓的藍色冰球……但並不是蓬鬆的雪球。

陳浩看得目瞪口呆，他拍拍顏芝蝶的肩膀，但是她連睜開眼睛都需要用極大的力氣。現在，她累得只想閉眼好好休息。

眼看冰球逐漸升高，但在離水面一公尺之時，藍色泛光範圍中央的雪花印記戛然消失，而那些冰球也瞬間化為一般的湖水，墜入湖面，擾動著漣漪，就算多莉絲再怎麼努力也變不回來。

她回頭看了一眼湖水，「糟糕，難道是女神大人發現了？」

陳浩察覺多莉絲身上的藍色光芒好像變得很淡，而且身體邊緣的部分甚至還有種若隱若現的感覺，「多莉絲，妳身體是不是有點透明啊……」

多莉絲當然早就知道體內的能量大幅消逝，而且她感覺得到女神大人正在收回自己的力量。她低頭看著自己的雙手，發現指尖末端若隱若現，心底涼了一大截。

她可能不到幾分鐘的時間……就要消失了。

「多莉絲？」陳浩察覺她的不對勁，擔心地問：「妳沒事吧？不要太勉強，不如好好休息，明天再試試看吧。」

聽到這些，多莉絲心底一陣刺痛。她望向擔憂自己的陳浩，明明有千言萬語想向他訴說，卻只能含著眼淚說：「顏芝蝶不是想看光雪嗎？快點叫醒她吧，我就只做這麼一次囉，下次不管再怎麼求我，我都不會理你！」

「……多莉絲？」陳浩蹙眉。

多莉絲不敢再多看他一眼，就怕會不捨或掉下眼淚，「快！」

雖然不明白是怎麼回事，但看多莉絲那麼急，陳浩猶豫了一秒，這才試著搖醒顏芝蝶，「快看，光雪就要降下了……這是多莉絲要給妳的聖誕禮物。」

「多莉絲……是誰……？」顏芝蝶迷迷糊糊地揉揉眼睛，茫然地張開眼。

當確定顏芝蝶張開了眼，多莉絲敞開雙手，閉上雙眼，將身上所有僅存的魔力全部都凝縮進自己身體的核心之中。只見她的精靈形態化為一顆菱形的立體結晶，而包覆著她身上的魔力則化成纖細的藍色雪花。

現在她的模樣，就是一顆輕飄飄、藍透透的美麗光雪球。

雪球輕飄飄地自高空緩緩落下，顏芝蝶著迷地凝視著這顆泛著藍色光芒的雪球，感動得眼眶都紅了，「好美……謝謝你……」雖然她迷迷糊糊的，也搞不清楚眼前的到底是現實還是幻境，但一放鬆下來，腦袋又開始恍恍惚惚。

這次不太一樣……她覺得好像有聲音在腦海裡呼喚著她，而自己已經死去的家人站在一片花海之中，招手要她過去……

她輕輕地閉上眼睛，嘴角卻自然而然地向上彎起。

陳浩則凝望著這顆雪球緩慢地飄落，那迷幻般的水藍色勝過世界上任何美麗的色彩，這絕對不是化學的東西能做出來的贗品。他情不自禁地伸出雙手，想要接住緩緩落下的它。

但這顆光雪的光芒卻越來越暗淡，而且大小也在收縮。

「我從來沒有後悔遇見了你，謝謝你的陪伴。答應我，從今以後，要好好照顧自己……好嗎？」

在光雪落在他眼前的時候，傳來了多莉絲微微哽咽，卻甜甜的聲音。

「再見了……陳浩，再見……可以的話，請不要忘記我……」

當光球落在陳浩掌心的時候，已經變回了一枚菱形結晶。

陳浩愣了半秒，直到感覺到掌心結晶的冰寒，他才察覺不對勁，心底略過一陣冷鋒，眼淚止不住地狂落。

「——多莉絲！」陳浩呼喊著她的名字。

在安詳的平安夜之歌中，這呼喊的聲音顯得格外淒涼。他聲聲地呼喊著她，多期待她能回應，但回答他的只有難耐的沉默。

「多莉絲、不管妳在哪，我都會等妳回來！多莉絲——！」

但仍然什麼音訊也沒有。他不知所措地左顧右盼，多希望能在哪裡捕捉到多莉絲嬌小的身影，卻發覺懷裡的顏芝蝶不知何時已經沉沉睡去。

這種過度的深沉睡眠，反而不對勁。雖然顏芝蝶仍有鼻息卻微弱，他呼喚她好幾次都沒有回應，情況不妙。

強烈的不安湧上心頭，陳浩顫抖的雙手就連拿手機撥打救護車的號碼都弄錯好幾次。當撥號完畢後，他緊緊地抱著懷裡的顏芝蝶，眼淚仍然不斷地墜落，「不要離開我……拜託……」

他右手緊握著那枚冰冷的結晶，就算冰寒刺骨也不願放開。

失去了多莉絲，現在就連顏芝蝶都好像要遠遠離他而去……重要的人們一個個離開，那強烈的孤寂感讓他覺得自己好像被全世界拋棄了。他不知道該怎麼解釋這樣的情緒，但胸口劇痛難耐，好像有隻手緊緊地撕扯著他的心臟，每次心臟跳動，傷口就狠狠地被撕裂一次。

「為什麼……會變成這樣……這不是我要的結果啊……」陳浩懊惱地自語著，難堪的淚滾滾而落，幾乎泣不成聲，「多莉絲……我不要妳消失，可不可以回應我……告訴我妳還在啊……多莉絲……」

此時，他感覺到整個右手掌被冷冷的空氣包覆。

「……？」他矇矓的雙眼看見藍色的光在眼前飄著。

他揉揉眼睛，隨即被眼前的景色震驚了。

整片奇蹟之湖泛著淡淡光芒，而一顆顆渾圓、大概半徑兩公分左右的蓬鬆藍色雪球自湖面緩緩飄起，數量多如繁星，乍看之下像是一隻隻藍色的螢火蟲，緩慢且毫無規則地在空中畫著軌跡。

本該平靜的湖，現在居然像是嘉年華會般熱鬧。

「這就是……光雪？」陳浩為眼前這景象感到不可思議，看得入迷。雖然他試著叫醒顏芝蝶，但她只是靜靜地沉睡著。

這個時候，湖水中央亮起了雪花模樣的光影，那刺眼的強光使陳浩不得不用手臂去阻擋。當他發覺光芒比較沒那麼刺眼的時候，這才小心翼翼地看向光芒處，只見一位身材修長、穿著高雅禮服的美麗女子正輕巧地踏過湖面，往他這方向而來。
她穿著冰藍色的高跟鞋，腳尖觸碰到湖面之處亮起了白色雪花。
她渾身上下散發著不可一世的高雅氣質，陳浩移不開目光，只能愣愣地望著她靠近。但是他發現，她眼眶泛著淚光，本該冰冷的眼眸，也因為淚水而變得溫和……因此，他才敢在她面前停留視線。
就算她還沒開口說明自己的來歷，陳浩也大概猜到她的身分了。
美麗的女子來到他面前，攤開右手掌心向上。
不知為何，陳浩會意地將多莉絲的結晶放在她的手心。
她靜靜地凝視著掌心的菱形小結晶，而存在於核心深處，其實還有一點點肉眼不易察覺的光點，恍恍惚惚，好像隨時都會泯滅。她輕輕地對著結晶呼出一口氣，結晶像是產生了共鳴般，一瞬間明亮了起來。
當結晶恢復了燦爛光芒的時候，女神來到顏芝蝶身邊，將結晶放開，而發光的結晶飄忽忽地靠近顏芝蝶的額頭。
神奇的事情發生了，在包覆著光芒的結晶觸碰到顏芝蝶的皮膚時，居然就這樣輕而易舉地穿透過去，一點痕跡也沒留下。硬要說的話，僅有在她額頭出現一閃即逝的雪花印記。

「這是……？」陳浩愣住了。

女神靜靜地凝視著他，「你們之間的羈絆感動了吾，千百年來，吾從沒想過精靈與人類也能有如此的情感……多莉絲她竟然願意為了人類而犧牲自己……這般堅毅的信念，到底需要多少執著才能做到……是吾太小看情感的力量了。」

說著，她眼眶又泛起了淚光，而湖面上飄浮的光雪也隨之移動快了些。

「但多莉絲犯了重罪，是無可厚非的，吾不能為了讓她免罪而開先例。」女神望向仍然陷入沉睡的顏芝蝶，「精靈的核心與她依存……能為她延續生命，這是吾能做的了。」

「欸……？」陳浩眨眼。

女神轉身走向湖心，長長的裙襬在湖面拖曳，飄浮的藍色雪花逐漸凝聚而來，覆蓋了她的身影。當雪花慢慢消失、凋零而變得稀疏之時，陳浩已經找不到那神秘的女人身影了。

陳浩呆愣了許久，低頭查看顏芝蝶的狀況。發現她的呼吸變得平穩許多，雖然臉色看起來還是有點蒼白，但指尖溫熱了起來，而且臉上掛著安詳的微笑，好像正在做著美夢。

第十章

永恆的祝福

光雪再次降臨奇蹟之湖的消息，果然上了次日新聞頭條。

大批的記者再次湧入這座小鎮，甚至有不少慕名而來的人也把這裡當成觀光勝地前來朝聖。到處都呈現人擠人的狀態，聽說就連從事科學研究的人都來參一腳，說是要揭發繼雪女之後的光雪騙局，可惜他們大概又要白忙一場了。

畢竟那擁有特殊磁場的冰宮，根本就不是人類或任何儀器能偵測到的，甚至連肉眼都看不見。

因此，外來的旅客越來越多，這樣的熱鬧大概持續了一個月左右，找不著任何頭緒，也沒有再次見到奇蹟的人們這才慢慢地散了場。

小鎮也漸漸恢復了昔日的平靜。

而在那場光雪之後，陳浩當然是三不五時就跑到湖邊去，多希望能再次看到那名神秘女人，或是多莉絲的身影。可惜從那天之後，他就再也沒看到了……

但有這麼多人見證奇蹟，就表示那次絕對不是一場夢。

無論是湖中女神或是冰精靈，都存在著。

這樣想著，陳浩的心情也稍微平復了些。

◆※◆※◎※◆※◆

這天，陳浩到醫院找顏芝蝶。

不同於以往來醫院總是沉重的心情，陳浩今天特別打扮一番，穿上了最好的鞋子和外套，還用初次領到的薪水買了一束玫瑰和要送給她的驚喜小禮物，當然還帶上了妮妮最喜歡的手工甜點。

今天，是妮妮正式出院和顏芝蝶放假的日子。

妮妮因為復健情況良好，經過醫師判斷，她可以在自己熟悉的環境裡繼續復健，不過每個月都要回來醫院複診。雖然說還不能像正常人那樣行走，而痛苦的復健還是得持續，但這對於她和她的家人來說，已經是最棒的新年禮物。

而顏芝蝶自從目睹光雪之後，身體狀況竟然奇蹟似的穩定下來，不僅整個月以來她的病情都沒有惡化，就連小感冒或併發症也完全沒有，而且整個人變得很有精神。雖然她的體溫怎麼量就是比正常人還低一些，但似乎完全沒影響她好轉的病情，大家都嘖嘖稱奇。

也因此，醫院破天荒地準了顏芝蝶的假，雖然只有短短的三天。

「大家再見——」妮妮坐在黑色轎車後座，在車窗裡向外頭的大家揮手。

「要保重身體啊！」

「大家會想妳的！」

曾經看照過妮妮的醫護人員與醫師們看她終於不用孤單的再待在醫院裡，感動得紅了眼眶，曾經受到她鼓勵的病友們也感激地揮揮手，祝福這位堅強可愛的女孩重獲新生後，能過得一路順遂。

陳浩與顏芝蝶也在人群中，揮手向妮妮告別。

「陳浩哥哥、謝謝你的超好吃布丁喔！」妮妮向兩人揮揮手，大大的笑容就像陽光般溫暖，「你今天穿得很帥喔、一定會成功的啦！不要想太多趕快去做，加油！」說完，她笑嘻嘻地關上車窗。

大家目送這輛黑色轎車駛出醫院，消失在大馬路的轉角。

送妮妮離開之後，大家便將注意力轉回顏芝蝶與陳浩身上。

「怎麼，什麼事情一定會成功啊？」

「今天穿這麼正式是……？」

陳浩原本不太想管他們太多，但是這些人笑容這麼曖昧，而且還在那邊胡亂瞎猜些有的沒的，讓他真是想忽略都不行，臉頰不自覺地就紅了大半。當初他在家裡想好的臺詞與動作，一瞬間又忘了大半。

現在變得好緊張，他開始慌張了起來，不禁暗暗責怪妮妮這個大嘴巴。

在他身旁的顏芝蝶看他的臉色不太對勁，便拍拍他的肩膀，「怎麼了？你的臉好紅喔……感冒了嗎？」

看著穿著白色長袖加碎花裙，頭髮紮成辮子模樣的可愛裝扮的顏芝蝶，再配上那雙擔心自己時眨啊眨的憂鬱大眼睛，陳浩心跳不小心又漏了半拍，再加上大家看戲似的表情，又在一旁小聲地交頭接耳，使他腦海裡僅存的那些字句真的都快要消失了。

——不行、事到如今都準備好了，絕對不能丟臉！

「不好意思要你陪我……母親說還要半小時才會到……」

陳浩終於鼓起勇氣，「——芝、芝蝶！」

「咦?」顏芝蝶被他突來的呼喊嚇了一跳。

不去管旁邊那群人,陳浩深吸一口氣壯膽,趁勢單膝跪在顏芝蝶面前,左手將紅色玫瑰花束高舉在愣住的顏芝蝶面前。他紅著臉大聲說:「請讓我以結婚為前提,照顧妳一輩子吧!」

突然被求婚,顏芝蝶瞬間紅了臉頰,眨眨錯愕的大眼睛。

其他人則是興奮地大力拍手叫好,「答應他!答應他!答應他!」他們迫不及待地望著顏芝蝶,期待她做出決定,就好像求婚者是自己那樣,情緒高昂得難以自拔。

陳浩眼神專注地凝視著顏芝蝶,心臟跳得飛快。

最後,顏芝蝶還是羞澀地點了點頭。

「恭喜——!」

「終於修成正果啦!哈哈!」

在大家的掌聲與歡呼聲中,陳浩從口袋裡拿出紅色的小禮物盒,並且保持著單膝跪地的姿勢,將禮物盒捧在她面前。

他打開盒子,裡面立放著一枚沒有多餘花色的純銀戒指。

看到戒指，顏芝蝶雙手摀著嘴巴，感動得說不出話。

「對不起，我還沒有這麼多錢可以買鑽戒……不過，正式結婚的時候，我一定會買一顆鑽戒補償妳的！所以請妳——」

不等陳浩說完，顏芝蝶已經用雙手接下這盒子，並且在眾人面前將戒指戴上自己的無名指，展示給陳浩看。那纖白的手指，襯著純銀的光澤，是如此般配，而且大小也剛好。

她羞澀地紅了臉，笑得好甜蜜，「我願意。」

在她點頭的這一瞬間，陳浩真的覺得自己是世界上最幸福的男人了。

「萬歲——！」陳浩忍不住跳起來大聲歡呼。

「恭喜！」

「要幸福喔！」

而幾個早就套好招的人拿出預藏的拉炮，一邊高聲歡呼，一邊朝天空拉起拉炮，讓那些彩色的緞帶還有閃亮的金粉撒在這對未來的新人身上，就當作獻上了最真誠的祝福。

千言萬語也說不出現在的喜悅，兩人牽起了手，額頭觸碰彼此，臉上洋溢著幸福無比的笑容。

◆※◆※◎※◆※◆

多年之後，某個夏日。

南部的天氣果然還是豔陽高照，湛藍的天空僅有幾片薄雲飄過，熱情洋溢的太陽像是非要將大地烤乾才肯罷休似的猛力散發熱氣，使柏油路都因焚熱而造成上方的空氣微微扭曲著景物。

路上的人們揮汗如雨，撐著陽傘、吃著冰，逃進有大面積森林的公園去避暑。這個時候有不少人都在這地方休憩，光是看看湖水並享受大自然吹拂過森林的微風，就能讓人暫且忘記酷暑。

此時，在奇蹟之湖湖畔，有一對年輕的夫婦帶著他們的兩個孩子在樹蔭下野餐。他們坐在藍白交錯的薄毯子上頭，身邊擺了個野餐籃，並且將裡面的三明治、甜點、飲料等等食物擺出來。

食物和點心有好多樣，準備得相當豐盛。

戴著白色遮陽帽的少婦，將一頭金色長髮隨興地綁成側邊的低馬尾，碧綠色的雙眼含著笑意，溫柔地望著在自己身邊，正在幫小女孩綁頭髮的丈夫。

雖然那頭黑藍色頭髮、稚氣未脫的丈夫都已經三十好幾了，卻看起來還像個大學生，偏偏又是個不分季節吵著要吃冰的任性大男孩……不過這幾年下來，他對妻兒照顧有加，確實是個值得信賴又專一的男人。

他雖然錢賺得不多，也沒有特別突出的外貌和背景，但無論發生何事，他都一直守在自己和孩子身邊，不讓她受到一絲一毫的委屈。他總是那樣溫柔體貼，無條件地包容自己……在結婚之後，雖然兩人也經歷過許多事情，也曾經意見不合而吵過架，但唯一沒變的就是他的真心與執著。

兩人緊緊相攜的手，從來沒有放開過。

她真的很感謝上天，能讓她遇見這麼好的人……就連自己在放棄一切的時候，還有這麼一個人溫柔地守護著自己，他是上天賜給她最珍貴的禮物。

也許就是因為有他的愛守護，她那年才可以真實地看見奇蹟的光雪。也許就是光雪的奇蹟，她從小到大的夢想終於實現了——終於擺脫了病魔並且活下來，還與心愛的男人共組一個幸福美滿的家庭。

「完成！」男子歡呼。

「耶——！」在他懷裡的小女孩歡呼一聲。

小女孩頂著父親為她綁的雙馬尾髮型，穿著簡單的水藍色洋裝，在翠綠的草地與自己的手足玩耍。雖然她的家人早就已經習以為常，但她獨特的身影總是吸引著許多路人們的注意。

因為她不僅是頭髮，連睫毛和眼睛都是冰藍色的，而且左手背上有枚宛如雪花般的白色胎記。她的皮膚潔白無瑕，五官深邃且非常漂亮，乍看之下簡直就是一尊美得令人感到不可思議的娃娃。

「別跑太遠、要吃飯囉！」男子對著孩子們呼喊。

「好——！」小女孩與她的手足坐在草地上，笑著對他們揮揮手。

男子望著自己最疼愛的小女兒，嘴角泛著溫柔的微笑。

看著小女兒的身影，他總覺得又看見了多年前那個擅自出現在自己生命之中，把自己住的公寓弄得一團亂，還大言不慚說要把自己趕出去的精靈。但不管他怎麼跟枕邊人說，她總是笑著說不相信，還懷疑他是不是工作太累，把夢境跟現實搞混了呢。

因為之後也沒有任何遇見那精靈的跡象，就連他自己都懷疑是否真是自己在夢裡捏造出來的錯亂記憶。而這小女孩總算來到了人世……當他第一眼見到她的時候，他就知道，過去所發生的種種，絕對不是一場夢。

這次，他一定會好好守護她，不再讓她離去。

他對著這片平靜的奇蹟之湖，在心中暗暗地發誓著。

《冰箱侵略者是女神候補？！》全文完

後記

嗨，我是鬱兔！

很開心既然您能看到這邊，就表示應該是花了金幣而不甘心絕對要看完每一個字……咳咳，總而言之，感謝您購買此書，就算是因為被封面釣上來的，我也代表全公司感謝您……嗚嗚嗚，這才不是自尊的眼淚呢！

既然都不小心被看到了，那就只好勉為其難地說說這個故事的構想吧。

因為我住的地方在屏東，這是個除了寒流以外，每天幾乎都是夏天的不可思議地帶，真是熱到一種會令人產生幻覺的地步，因此看到了小精靈，所以小精靈說既然被看到，就逼著我寫……

好啦，以上純屬亂掰，如果你真的看到小精靈，那可能要先去眼科掛號。

因為南部的夏天真的很熱很熱，就會想要吃冰消暑，吃著吃著，突然想如果有個人很愛吃冰到一種難以置信的地步的話，會怎麼樣？假如有個不請自來的小傢伙天天跟他搶冰吃，這畫面感覺好像挺可愛的……所以本篇的兩位主角就這樣生出來了。

至於病弱的女主角呢，大概就是我心目中的女神形象吧！金髮碧眼，清新脫俗的外表再加上長飄飄的美麗捲髮……真是光想像就覺得天使降臨了呢！大概就是因為太像天使了，所以必須要讓她早點去跟上帝請安，就賦予了她這個病弱的形象。（誤）

這篇故事可能有點洋蔥之外，最重要的是要告訴大家——夏天到了，冰要吃沒關係，但千萬不要吃太多，不然一不小心就會像男主角陳浩那樣跑廁所……然而，比這個還重要的是，就算是你吃太多冰而跑廁所，也絕對不可能會碰到這種豔遇的，大概只會跟腸胃科的伯伯級醫生來個一對一深度交談吧。

還有，夏天去玩水的時候一定要小心，千萬不要以為自己的手真的很長，畢竟萬一不幸溺水的話，不見得會有好心的帥哥來救援。所以為了安全起見，請在救生員面前游泳就好……什麼，這樣太擁擠？

這個人怎麼嫌東嫌西的這麼麻煩啊……嘖嘖。

咳咳，總而言之，在夏天有很多美好的事物等著大家去挖掘，不過在探索的時候請注意人身安全。

祝福大家有個美好的暑期生活，我們下次再見囉！

鬱兔　二〇一七年五月

羊角系列043

冰箱侵略者是女神候補？！

出版者■典藏閣
作　者■鬱兔　繪　者■PUMP
封面設計■Snow Vega
總編輯■歐綾纖
製作團隊■不思議工作室

郵撥帳號■50017206 采舍國際有限公司（郵撥購買，請另付一成郵資）
台灣出版中心■新北市中和區中山路2段366巷10號10樓
電　話■(02)2248-7896　傳　真■(02)2248-7758
物流中心■新北市中和區中山路2段366巷10號3樓
電　話■(02)8245-8786　傳　真■(02)8245-8718
ISBN■978-986-271-773-8
出版日期■2017年6月

全球華文國際市場總代理／采舍國際
地　址■新北市中和區中山路2段366巷10號3樓
電　話■(02)8245-8786　傳　真■(02)8245-8718

新絲路網路書店
地　址■新北市中和區中山路2段366巷10號10樓
網　址■www.silkbook.com
電　話■(02)8245-9896
傳　真■(02)8245-8819

☞您在什麼地方購買本書？☜

1. 便利商店（________市／縣）：☐7-11　☐全家　☐萊爾富　☐其他________

2. 網路書店：☐新絲路　☐博客來　☐金石堂　☐其他________

3. 書店（________市／縣）：☐金石堂　☐蛙蛙書店　☐安利美特animate　☐其他____

姓名：________地址：________________________

聯絡電話：____________　電子郵箱：________________

您的性別：☐男　☐女　　您的生日：西元________年________月________日

（請務必填妥基本資料，以利贈品寄送）

您的職業：☐上班族　☐學生　☐服務業　☐軍警公教　☐資訊業　☐娛樂相關產業

☐自由業　☐其他__________

您的學歷：☐高中（含高中以下）　☐專科、大學　☐研究所以上

☞購買前☜

您從何處得知本書：☐逛書店　☐網路廣告（網站：__________）　☐親友介紹

（可複選）　☐出版書訊　☐銷售人員推薦　☐其他______________

本書吸引您的原因：☐書名很好　☐封面精美　☐書腰文字　☐封底文字　☐欣賞作家

（可複選）　☐喜歡畫家　☐價格合理　☐題材有趣　☐廣告印象深刻

☐其他______________

☞購買後☜

您滿意的部份：☐書名　☐封面　☐故事內容　☐版面編排　☐價格　☐贈品

（可複選）　☐其他

不滿意的部份：☐書名　☐封面　☐故事內容　☐版面編排　☐價格　☐贈品

（可複選）　☐其他

您對本書以及典藏閣的建議________________________________

____

____

✌未來您是否願意收到相關書訊？☐是　☐否

感謝您寶貴的意見

印刷品

$3.5

請貼
3.5元
郵票

不思議信箱
FUSIGI POST

235 新北市中和區中山路二段366巷10號10樓

華文網出版集團　收

（典藏閣－不思議工作室）

Novel 鬱兔
Illust PUMP

冰箱侵略者是女神候補?!

ICE ELF INVADER IN MY HOUSE !